हनीमून

हनीमून

पाट्रिक मोदियानो

अनुवाद

मोनिका सिंह

राजपाल

PAP TAGORE

"The Work is published with the support of the Publication Assistance Programmes of the Institut Français"

स्थापित 1912
100 वर्षों की
श्रेष्ठ प्रकाशन परम्परा
राजपाल

₹ 195

ISBN : 9789386534170

प्रथम संस्करण : 2017

HONEYMOON (Novel) by Patrick Modiano

(Hindi edition of *Voyage de noces*)

मुद्रक : जी.एच. प्रिंट्स प्रा. लि., नयी दिल्ली

राजपाल एण्ड सन्ज़

1590, मदरसा रोड, कश्मीरी गेट, दिल्ली-110006

फोन : 011-23869812, 23865483, फैक्स : 011-23867791

e-mail : sales@rajpalpublishing.com

www.rajpalpublishing.com

www.facebook.com/rajpalandsons

रोबेर्र गालीमार्र के लिए

गर्मियों के दिन दोबारा लौट कर तो आयेंगे लेकिन गर्मी फिर कभी इतनी भीषण नहीं होगी, न ही मिलान की सड़कें इतनी सूनी होंगी जैसी उस मंगलवार को थीं। वह 15 अगस्त के बाद वाला दिन था। मैंने अपना सूटकेस अमानती सामानघर में छोड़ दिया था और स्टेशन से बाहर निकलने पर मैं एक पल के लिए ठिठका था। चिलचिलाती धूप में इस शहर में किसी के लिए पैदल चलना मुमकिन नहीं था। शाम के पाँच बजे थे। पेरिस वाली ट्रेन के लिए चार घंटे का इन्तज़ार बाकी था। मैं कोई छाया ढूँढ रहा था और मेरे कदम मुझे करीब सौ मीटर दूर सड़क के उस पार ले गये जो स्टेशन के किनारे-किनारे से होती हुई एक होटल तक पहुँच रही थी। इस होटल के सामने वाले भव्य हिस्से ने मेरा ध्यान खींचा था।

सफ़ेद संगमरमर के गलियारे धूप से राहत दिलवा रहे थे और शराबख़ाने की ठंडक व मंद रोशनी में ऐसा लग रहा था जैसे आप एक कुएँ के तल में हों। आज इस शराबख़ाने को देख कर मुझे एक कुआँ याद आ रहा है और होटल एक भीमकाय *ब्लॉकहाउस* की तरह लग रहा था, लेकिन इस वक्त मैं इस बात से ख़ुश था कि फ़िलहाल मैं स्ट्रॉ से अनार और संतरे का रस सुड़क रहा हूँ। मुझे बारमैन की आवाज़ सुनाई पड़ रही थी, उसका चेहरा मेरी स्मृतियों में धुँधला पड़ गया था। वह किसी अन्य ग्राहक से बात कर रहा था और शायद मैं इस आदमी के रूप-रंग और वेशभूषा का वर्णन करने में एकदम असमर्थ रहूँगा। उसकी एकमात्र बात जो मेरी स्मृति में जीवंत थी, वह था : वार्त्तालाप के बीच में उसका लम्बी ''आँ'' कहना जो किसी मनहूस भौंक की तरह गूँजता था।

दो दिन पहले, 14 अगस्त की शाम, होटल के एक कमरे में एक औरत

ने ख़ुदकुशी कर ली थी। बारमैन सफ़ाई दे रहा था कि उन लोगों ने एम्बुलेंस बुलवायी थी लेकिन उसका कोई फ़ायदा नहीं हुआ। दोपहर में, उसने इस औरत को देखा था जो शराबख़ाने में आई थी। वह अकेली थी। इस आत्महत्या के बाद, पुलिस ने उससे पूछताछ की थी—उससे यानि बारमैन से। वह उनके लिए बहुत ज़्यादा विवरण नहीं जुटा पाया था। सिवाय इसके कि वह गहरे भूरे बालों वाली औरत थी। होटल के मैनेजर ने एक तरह से राहत महसूस की थी क्योंकि साल की उस अवधि में होटल में कम ग्राहकों की बदौलत यह वाक़या लोगों के ध्यान में नहीं आया। आज सुबह, *कोरियर* में एक छोटी सी ख़बर थी। यह एक फ्राँसीसी महिला थी। अगस्त के महीने में वह मिलान में क्या करने आती थी? उन्होंने अपना रुख़ मेरी ओर कर लिया था, जैसे इंतज़ार कर रहे हों कि मैं उनको जवाब दूँ। फिर बारमैन ने मुझसे फ्रेंच में कहा था :

''यहाँ, मिलान में अगस्त के महीने में नहीं आना चाहिए। अगस्त के महीने में सब कुछ बन्द रहता है।''

ग्राहक ने अपनी मनहूस ''आँ'' से इसका अनुमोदन किया। और दोनों ने ही मुझे उलाहना भरी नज़रों से घूरा, मुझे यह महसूस करवाने के लिए कि मैंने एक ग़लती की थी, ग़लती कहना काफ़ी नहीं होगा, एक भारी भूल की थी मैंने, अगस्त के महीने में मिलान की धरती पर अवतरित होने की।

''आप पता लगा सकते हैं,'' मुझसे बारमैन ने कहा था, ''आज मिलान में एक भी दुकान खुली हुई नहीं है।''

मैं पुनः एक पीली टैक्सी में था जो होटल के सामने खड़ी थी। ड्राइवर ने मेरी पर्यटक सरीखी झिझक पर ग़ौर फ़रमाते हुए मुझे *दोम* चौक तक ले जाने का प्रस्ताव दिया।

सड़कें खाली थीं और सभी दुकानें बन्द थीं। मैं सोचने लगा कि वह औरत जिसके बारे में वे कुछ देर पहले बातें कर रहे थे, उसने भी वापस होटल लौटने और अपने-आप को मारने से पहले किसी पीली टैक्सी में मिलान शहर को लाँघा होगा। उस समय मुझे यह ख़याल नहीं आया था कि

इस वीरान, उजड़े से शहर को देखना उसके इस फ़ैसले को पुख़्ता करने में मददगार रहा होगा। इसके विपरीत, यदि मैं एक शब्द ढूँढ़ूँ जो उस असर को अभिव्यक्त कर सके जो मिलान शहर मुझ पर डाल रहा है, आज 16 अगस्त के दिन, तब मेरे ज़ेहन में एकदम से आता है, एक खुला उदार शहर। मुझे लग रहा था कि यह शहर गति और ठहराव को एक सुर में ढालता है और साथ ही इस बात का भी यक़ीन है कि शोरगुल और कोलाहल इसे फिर से अपनी गिरफ़्त में ले लेगा।

दोम चौक पर, टोपी पहने सैलानी बड़े गिरजाघर के नीचे इधर-उधर टहल रहे थे, और विक्टर इमानुएल गैलरी के प्रवेशद्वार पर एक बड़ी सी पुस्तकों की दुकान जगमगा रही थी। मैं इकलौता ग्राहक था और बिजली की बत्ती के नीचे किताबों के पन्ने पलट रहा था। क्या वह इस पुस्तकों की दुकान में आई थी, 15 अगस्त से एक रोज़ पहले? मेरा उस आदमी से यह पूछने का मन हुआ जो किताबों की दुकान के बिल्कुल अंदर कोने में एक मेज़ के पीछे, कला-पुस्तकों वाली अलमारी के आगे सीधा खड़ा था। परन्तु उस औरत के बारे में मुझको लगभग कुछ नहीं मालूम था सिवाय इसके कि उसके बाल गहरे भूरे रंग के थे और वह फ्राँसीसी थी।

मैं विक्टर इमानुएल गैलरी की सीध में चलता रहा। मिलान में, सूरज की जानलेवा किरणों से भागने के लिए, हर उस चीज़ ने वहाँ शरण ले रखी थी जो जीवन्त थी : एक आइसक्रीम बेचनेवाले को बच्चे घेरे हुए थे, जापानी और जर्मन लोग थे, पहली बार शहर घूमने आये दक्षिण इटली के लोग थे। तीन दिन का फ़र्क था बस, हम लोगों की शायद मुलाकात हो जाती, मेरी और उस औरत की, गैलरी में, और चूंकि हम लोग फ्राँसीसी थे, वह भी, मैं भी, हमारे बीच कोई बातचीत होने लग जाती।

और दो घंटे बिताने बाकी थे, पेरिस की ट्रेन पकड़ने से पहले। फिर से, मैं उन पीली टैक्सियों में से एक में चढ़ गया जो *दोम* चौक पर कतार में प्रतीक्षारत थीं। मैंने ड्राइवर को होटल का नाम बताया। शाम ढल रही थी। आज इस अजनबी शहर की सड़कें, बाग-बगीचे, ट्रैमवे और गर्मी जो आपको और ज़्यादा अकेला कर रही है, यह सब कुछ, और इन सब चीज़ों का तालमेल मेरे

लिए इस महिला की आत्महत्या से जुड़ा हुआ था। लेकिन उस वक्त टैक्सी में मैंने मन में सोचा कि यह एक दुर्भाग्यपूर्ण हादसा था।

बारमैन अकेला था। उसने फिर से मुझे संतरे और अनार का रस परोसा।

"तब, देखा आपने...मिलान में दुकानें बंद हैं..."

मैंने उससे पूछा कि वह औरत जिसके बारे में वह कुछ देर पहले बातें कर रहा था और सम्मान व अत्याडम्बर के साथ कहा था कि "उसने अपने जीवन का अंत कर लिया," क्या बहुत दिनों से होटल में रह रही थी।

"नहीं, नहीं... अपना जीवन समाप्त करने से तीन दिन पहले..."

"कहाँ से आई थी वह?"

"पेरिस से। वह दक्षिण में उन मित्रों के पास जाने वाली थी जो वहाँ पर छुट्टियाँ बिता रहे थे। *काप्री* में... यह पुलिस ने बताया था... मामला सुलझाने के लिए कल किसी को *काप्री* से आना पड़ेगा।"

सारे मामले सुलझाने के लिए। क्या समानता थी इन उदास शब्दों में और उस छवि में जो *काप्री* के नाम से मन में उभरती है उसमें—आसमानी रंग, समुद्रतटीय गुफ़ायें, गर्मियों की चमक?

"बहुत ख़ूबसूरत औरत थी...यहाँ पर बैठी थी..."

उसने एक मेज़ की तरफ़ इशारा किया, एकदम आख़िरी कोने पर।

"मैंने उसको वही परोसा था जो आपको परोसा है..."

पेरिस की ट्रेन का समय हो गया है। बाहर रात हो चुकी थी लेकिन गर्मी अभी तक उतनी ही दमघोंटू थी जितनी भरी दोपहर में थी। मैं सड़क पार कर रहा था, नज़रें स्टेशन के भव्य अग्रभाग पर गड़ाये हुए। विशालकाय अमानती सामानघर में, मैंने उस पर्ची को ढूँढने के लिए अपनी सारी जेबें टटोल लीं जो मुझे अपने सूटकेस की मिल्कियत फिर से वापस दिलवा देती।

मैंने *कोरियर देल्ला सेरा* खरीद लिया था। मैं इस औरत को समर्पित वह छोटी सी ख़बर पढ़ना चाहता था। निस्संदेह वह पेरिस से इसी प्लेटफॉर्म

पर उतरी होगी जिस पर इस वक्त मैं था, और मैं, मैं पाँच दिन के अन्तराल पर उल्टी दिशा में जाने वाला था...कैसा अजीब इरादा था यहाँ आकर ख़ुदकुशी करने का, वह भी तब, जब आपके मित्र काप्री में आपकी राह देख रहे हों... इसके पीछे शायद कोई वजह रही होगी जिसका पता मुझे कभी नहीं चल पायेगा।

मिलान, मैं यहाँ पिछले सप्ताह फिर आया लेकिन मैं एयरपोर्ट से बाहर नहीं निकला। अब वैसा बिल्कुल नहीं था, जैसा अट्ठारह साल पहले था। हाँ : अट्ठारह साल, मैंने उँगलियों पर गुज़रे हुए साल गिने। इस बार *दोम* चौक और विक्टर-एमानुएल गैलरी जाने के लिए मैंने कोई पीली टैक्सी नहीं ली। पानी बरस रहा था, जून की भारी बारिश। मुश्किल से एक घंटे का इंतज़ार बाकी था, फिर मैं हवाई जहाज में सवार हो जाऊँगा जो मुझे वापस पेरिस ले जाएगा।

मैं मिलान एयरपोर्ट पर काँच की दीवारों वाले एक बड़े हॉल में बैठा था। यह मेरे सफ़र का एक पड़ाव था। मैंने आज से अट्ठारह साल पहले का वह दिन याद किया, और इतने अरसे बाद पहली बार, वह औरत जिसने ''अपने जीवन का अंत कर लिया था''—बारमैन के शब्दों में—मेरे दिलोदिमाग़ पर सचमुच में छाने लगी थी।

एक दिन पहले मैंने मिलान तक आने-जाने का हवाई टिकट *जूफ्रॉय* मार्ग में एक ट्रैवल एजेन्सी से अचानक खरीद लिया था। घर पर, मैंने उसको एक सूटकेस की तह में छुपा दिया था, अपनी बीवी, आन्नेत की वजह से। मिलान, इस शहर को मैंने अनायास, तीन अन्य शहरों : वियेना, एथेन्स और लिस्बन के मुकाबले चुना था। मंज़िल क्या होगी उसके कोई मायने नहीं थे। एकमात्र समस्या थी कि हवाई जहाज की उड़ान का वक्त वही हो जो मेरी रियो दी जानीरो वाली उड़ान का था।

वे लोग मुझे एयरपोर्ट पहुँचाने आये थे : आन्नेत, वेज़ेल और कावानो। वे लोग बनावटी ख़ुशी ज़ाहिर कर रहे थे जिसे मैंने अक्सर महसूस किया था, जब भी हम अपने सफ़र पर निकलते थे। मुझे विदा लेना कभी अच्छा नहीं लगता था, और उस दिन ख़ासतौर से कम अच्छा लग रहा था। मेरा मन हो रहा

था उनसे कहने का कि हम लोगों की उम्र गुज़र चुकी है यह काम करते हुए, इसको खोजकर्त्ता के बजाय, अप्रचलित 'अन्वेषक' नाम दे देना चाहिए। क्या हम लोग अभी भी लम्बे समय तक अपनी डॉक्यूमेंटरी फ़िल्मों को *प्लेयेल* या दिन-ब-दिन कम होते जा रहे आंचलिक सिनेमा हॉलों में दिखा पायेंगे? बहुत कम उम्र में हम लोगों ने अपने अग्रजों के पदचिह्नों पर चलने की कामना की थी लेकिन तब भी हमारे लिए बहुत देर हो चुकी थी। अब खोजने के लिए धरती का कोई हिस्सा अनछुआ बाकी नहीं रह गया था।

"*रियो* पहुँचते ही हमें फ़ोन करना..." वेज़ेल ने कहा।

यह एक सामान्य यात्रा थी : एक नयी डॉक्यूमेंटरी बनानी थी मुझे, जिसका नाम कई वैसे ही नामों जैसा होना था : *कर्नल फ़ॉसेत के नक्श-ए-कदम* पर। एक बहाना था *मातो ग्रोस्सो* के कगारों पर बसे गाँवों को फ़िल्म में उतारने का। इस बार, मैंने तय कर लिया था कि ये लोग मुझसे ब्राज़ील में नहीं मिलेंगे, लेकिन आन्नेत और बाकी लोगों के सामने यह सच स्वीकार करने की मेरी हिम्मत नहीं हो रही थी। उन लोगों को कुछ समझ में नहीं आता। और फिर कावानो के साथ अकेली रहने के लिए आन्नेत मेरी रवानगी का इंतज़ार कर रही थी।

"ब्राज़ील के दोस्तों को हमारा प्यार देना," कावानो ने कहा।

उसने तकनीकी टीम को, जो पहले ही प्रस्थान कर चुकी थी उन्हें हल्का संकेत दे दिया था और सागर के दूसरे किनारे पर रियो दी जानीरो के सूज़ा होटल में वे मेरी प्रतीक्षा कर रहे थे। वे लम्बे समय तक मेरी राह देख सकते हैं...अड़तालीस घंटे बीतने पर, उन लोगों पर एक अनजानी सी फ़िक्र हावी होने लगेगी। वे पेरिस फ़ोन करेंगे। आन्नेत टेलीफ़ोन का चोंगा उठायेगी, कावानो हेडफ़ोन में कान लगायेगा। लापता, हाँ मैं लापता हो गया था। कर्नल फ़ॉसेत की तरह। पर ज़रा से फ़र्क के साथ : मैं सफ़र के लिए रवाना होते ही गायब हो गया था, यह बात उन्हें और भी ज़्यादा परेशान करेगी, क्योंकि वे समझ जायेंगे कि *रियो* वाले हवाई जहाज में मेरी जगह खाली थी।

मैंने उनसे कहा था कि मुझे अच्छा लगेगा अगर वे हवाईजहाज़ में चढ़ने

तक मुझे छोड़ने मेरे साथ न आयें और मैं उस छोटी सी विदाई मंडली की ओर इस ख़याल से मुड़ा कि अपने जीवन में दोबारा उन्हें नहीं देखूँगा। वेज़ेल और कावानो का रूप-रंग जोशीला था, हमारे व्यवसाय की वजह से जो वास्तव में कोई काम नहीं था, बल्कि बचपन के देखे गये ख़्वाबों के पीछे भागने का एक ज़रिया था। क्या हम अभी भी बहुत दिनों तक उम्रदराज़ जवान बने रहेंगे? वे अलविदा के अंदाज़ में हाथ हिला रहे थे। आन्नेत ने मेरा मन मोह लिया था। वह और मैं बिल्कुल एक ही उम्र के थे, और वह उन रंग उड़ी सी डेनिश औरतों में से एक बन गयी थी, जो मुझे उस उम्र में आकर्षित करती थीं, जब मैं बीस साल का था। उस समय वह उम्र में मुझसे बड़ी थी और मुझे डेनिश औरतों का ख़याल रखने वाला मृदुल स्वभाव अच्छा लगता था।

~

जब मैं इस पारगमन कक्ष में था तब एक पल के लिए मेरा मन एयरपोर्ट से बाहर निकलने को ललचाया और तीव्र इच्छा हुई कि मिलान में, सड़कों के एक सिरे से दूसरे सिरे तक, उन्हीं पुराने दिनों वाले रास्तों पर चलूँ। परन्तु यह निरर्थक था। वह इत्तफ़ाक से यहाँ पर मरने के लिए चली आई थी। जहाँ पर उसके निशां ढूँढने चाहिए वह शहर दरअसल पेरिस था।

वापसी के सफ़र में, असीम आनन्द की अनुभूति हो रही थी, जैसी मैंने पच्चीस सालों पहले प्रशान्त महासागर के द्वीपों में अपनी पहली यात्रा के बाद से महसूस नहीं की थी। उस यात्रा के बाद, बेशक कई और यात्राएँ हुईं। जैसे *स्टैनली, सार्वोनां द ब्राज़ा और आलाँ जेर्बो* की जिनके पराक्रमों के बारे में मैंने अपने बचपन में पढ़ा होगा? विशेष तौर पर, पलायन कर जाने की वह उत्कण्ठा। इस इच्छा की तीव्रता मुझे अपने अंदर, पहले से कहीं ज़्यादा महसूस हुई। यहाँ, इस हवाई जहाज़ में, जो मुझे फिर से पेरिस वापस ले जा रहा था, मुझे और भी दूर भाग जाने का एहसास हुआ, *रियो* से भी दूर यदि मैं हवाई जहाज पर चढ़ गया होता, जो मुझे करना चाहिए था।

~

पेरिस के बाहरी इलाकों में, मैं अनगिनत होटल जानता हूँ और मैंने ठाना हुआ था कि मैं नियत समय पर होटल बदलता रहूँगा। पहला होटल जहाँ पर मैंने एक कमरा किराये पर लिया था वह *पोर्त्त-द-ओरे* स्थित होटल *दॉद* था। वहाँ मुझे आन्नेत से टकरा जाने का ख़तरा नहीं था। मेरी रवानगी के बाद निस्संदेह कावानो उसे *आवेन्यू द्यूकेज़्ने* स्थित अपने फ्लैट में खींच कर ले गया होगा। शायद उसे मेरे गायब हो जाने का पता तुरन्त नहीं चला होगा, क्योंकि कोई भी—यहाँ तक कि वेज़ेल को भी—यह मालूम नहीं था कि वह कावानो की प्रेमिका थी, और *सीते वेरों* के हमारे घर में टेलीफ़ोन निरर्थक बजता रहा होगा। और फिर उनके हनीमून के कुछ दिन बीत जाने के बाद, वह थोड़ी देर के लिए *सीते वेरों* आई तो होगी, जहाँ—मैं अनुमान लगा रहा हूँ—एक तार उसका इंतज़ार कर रहा होगा : "*रियो* की टीम बेहद परेशान। 18 तारीख के हवाई जहाज में ज्याँ अनुपस्थित। *सूज़ा* होटल शीघ्र फ़ोन करें।" और कावानो वहाँ पर उसकी फ़िक्र में शरीक होने आया होगा।

मैं रत्ती भर भी व्याकुल नहीं था। बल्कि थोड़ा, बहुत थोड़ा सा। और मुझे नामंज़ूर है कि इन सब में एक नाटकीय राग झलके : अब मैं बहुत उम्रदराज़ हो गया हूँ। ज्यों ही मेरे पास और नक़द पैसे ख़त्म होंगे, मैं आन्नेत के साथ सुलह करने की कोशिश करूँगा। कावानो की उपस्थिति की वजह से *सीते वेरों* के घर पर टेलीफ़ोन लगाना कोई बुद्धिमानी का काम नहीं था। लेकिन मैं आन्नेत से चोरी-चोरी एक मुलाकात की तरकीब निकाल ही लूँगा। और मैं उसकी ख़ामोशी से तसल्ली कर लूँगा। उस दिन के बाद से, मेरी तलाश में निकलने की चाह रखने वालों का हौसला तोड़ने का काम आन्नेत का होगा। वह हौसला पस्त करने या बात घुमाने में, तथ्यों को उलटने-पलटने में काफ़ी निपुण है, और वह बात ऐसे घुमायेगी कि लगेगा जैसे मेरा कभी अस्तित्व था ही नहीं।

~

आज, *पोर्त्त-द-ओरे* में, मौसम सुहाना है। गर्मी उतनी बोझिल नहीं है, न ही सड़कें उतनी खाली जितनी मिलान में उस दिन थीं, आज से अट्ठारह साल

पहले। वहाँ पर, *सूल्ट मार्ग* के दूसरी तरफ़ और फव्वारा चौक पर, सैलानियों के झुण्ड चिड़ियाघर के प्रवेशद्वार पर ठेलमठेल कर हैं और बाकी लोग प्राचीन औपनिवेशिक संग्रहालय की सीढ़ियाँ चढ़ रहे हैं। यह संग्रहालय जिसका भ्रमण हम कर रहे हैं, इसने हमारे जीवन में एक अहम भूमिका निभायी है, और इस चिड़ियाघर ने भी, कावानो, वेज़ेल और मेरे बचपन में। यहाँ पर हमने दूरदराज़ देशों और यात्राओं के सपने देखे थे।

फिर से मैं यहाँ पर आ गया हूँ, प्रस्थान-बिंदु पर। मैं भी, कुछ देर में, चिड़ियाघर घूमने के लिए एक टिकट लूँगा। अभी से कुछ हफ्तों में, किसी भी अख़बार में ज़रूर किसी ज्याँ बी के गायब हो जाने की ख़बर मिलेगी। आन्नेत मेरे निर्देशों का पालन करेगी और उन्हें यक़ीन दिलवायेगी कि ब्राज़ील के अपने आख़िरी सफ़र के दौरान मैं कहीं गायब हो गया। वक्त बीतता जायेगा और *फ़ॉसेत* तथा *मोफ़्रै* के बाद मेरा भी नाम लापता हो गये अन्वेषकों में आ जाएगा। कोई अनुमान भी नहीं लगा पायेगा कि मैं पेरिस के द्वारों में ही सीमित रहा, न ही यह कि कि मेरी यात्रा का लक्ष्य भी यही था।

अपने मृत्युलेखों में एक जीवनकाल का ब्यौरा देने में सफल हो जाने की कपोल कल्पना करते हैं। लेकिन उन्हें कुछ पता नहीं है। अट्ठारह साल पहले, मैं अपनी ट्रेन की बर्थ पर लेटा हुआ था जब मैंने *कोरियर देल्ला सेरा* में छोटी सी ख़बर पढ़ी, मेरे दिल पर मानो बिजली गिर पड़ी...यह औरत जिसके बारे में सवाल उठ रहे हैं और जिसने अपने जीवन का अंत कर लिया है—बारमैन के शब्दों में—, मैं उसे जानता था। ट्रेन बहुत देर तक *मिलान* के स्टेशन पर ठहरी रही, और मैं इतना बेचैन था और सोच रहा था कि मुझको बोगी छोड़ कर फिर से होटल तो नहीं लौट जाना चाहिए, जैसे कि उसे फिर से देखने का एक मौका मेरे पास अभी भी था।

कोरियर देल्ला सेरा में, वे उसकी उम्र को लेकर गच्चा खा गये थे। वह पैंतालीस वर्ष की थी। वे उसे उसके पैतृक कुलनाम से पुकार रहे थे हालाँकि तब तक वह रीगो के साथ शादी के बंधन में बंध चुकी थी। लेकिन यह बात भी कौन जानता था, सिवाय रीगो, मेरे और रजिस्ट्रार दफ़्तर के अफ़सरों के? क्या सही में उनकी इस ग़लती के लिए उन्हें दोषी ठहराया जा सकता है और

क्या यह वाक़ई जायज नहीं था कि उसे उसके पैतृक कुलनाम से बुलाया जाए, वह नाम जो उसके जीवन के शुरुआती बीस सालों में था?

होटल के बारमैन ने कहा था कि ये 'सारे मामले सुलटाने' के लिए कोई आने वाला था। वह रीगो था क्या? जिस वक्त ट्रेन छूटी, मुझे ऐसा एहसास हुआ कि मैं किसी रीगो के सामने हूँ जो परिस्थितियों की वजह से वैसा नहीं रहा था जैसा अब से छः साल पहले था। क्या वह मुझे पहचान लेता? छः साल से, जब अचानक उनसे मेरी मुलाकात रास्ते में हुई थी, इनग्रीद और रीगो से, तब से मैंने उसे देखा नहीं था।

एक बार पेरिस में इनग्रीद से मैं दोबारा मिला था। रीगो के बग़ैर।

ट्रेन की खिड़की के परे एक निस्तब्ध उपनगर धीरे-धीरे चाँदनी में उजागर होता जा रहा था। मैं बोगी में अकेला था। मैंने अपनी सोने की सीट के ऊपर लगी हुई छोटी वाली बत्ती जला रखी थी। बस इतना ही काफ़ी होता कि मैं मिलान तीन दिन पहले पहुँच जाता, होटल के हॉल में इनग्रीद से टकरा जाने के लिए। मैंने यही बात टैक्सी में भी सोची थी, उस दिन दोपहर में, जब टैक्सी मुझको *दोम* चौक तक लेकर जा रही थी, लेकिन तब तक मुझको मालूम नहीं था कि यह वही थी।

हम लोगों ने किस विषय पर बातें की होतीं? और अगर उसने मुझे नहीं पहचानने का ढोंग किया होता? ढोंग? परन्तु वह पहले से ही हरेक चीज़ से इतनी दूरी महसूस कर रही होगी कि उसका मेरी तरफ़ ध्यान भी नहीं जाता। या फिर, मेरे साथ शिष्टतावश दो-चार शब्दों का आदान-प्रदान किया होता, मुझे हमेशा के लिए छोड़कर चले जाने से पहले।

~

अब चिड़ियाघर की विशाल चट्टान तक, अंदर वाली सीढ़ियों से नहीं चढ़ा जा सकता जिसका नाम *रोशे ओ शाम्वा* है। उसके ढह जाने का खतरा है और वह एक किस्म की महीन जाली में लिपटा हुआ है। जमाया हुआ रोड़ा जगह-जगह से छूट गया था, जिसमें ढाँचे की जंग लगी लोहे की छड़ें दिखाई दे रहीं थीं।

लेकिन मैं हाथी और जिराफ़ देख कर खुश था। शनिवार था। असंख्य सैलानी थे, सब तस्वीरें ले रहे थे। और वे परिवार जो अभी तक छुट्टियों पर नहीं गये थे, या जो नहीं जाने वाले थे, *वैंसेन्न* चिड़ियाघर में प्रवेश कर रहे थे जैसे वह गर्मी की छुट्टियों की सैरगाह हो।

अब, मैं एक बेंच पर बैठ गया हूँ, *दोमेस्नील* झील के सामने। कुछ देर बाद, पुराने औपनिवेशिक संग्रहालय के किनारे-किनारे बनी इन सभी इमारतों के बीच में से एक के अन्दर, मैं होटल *दॉद* लौट जाऊँगा,। अपने कमरे की खिड़की से, मैं चौक और फव्वारे की जलक्रीड़ायें देखूँगा। उस ज़माने में जब मैं इनग्रीद और रीगो से मिला था, क्या मैं यह कल्पना कर सकता था कि मैं दूरदराज़ देशों की बीस साल से भी ज़्यादा समय तक यात्रा करने के बाद यहाँ पर, *पोर्त्त-द-ओरे* पर एक दिन अवतरित होऊँगा?

उन गर्मियों में मिलान वापस लौटने पर, इनग्रीद की आत्महत्या के बारे में और विस्तार से जानने की इच्छा हुई। उसने जो फ़ोन नम्बर मुझे दिया था जब वह मुझसे पेरिस में, पहली और आख़िरी बार, अकेले मिली थी, उस पर कोई जवाब नहीं मिल रहा था। और कुछ भी हो, उसने मुझसे कहा था कि वह रीगो के साथ नहीं रह रही थी तब। मैंने एक और नम्बर ढूँढ निकाला, वह जो रीगो ने जल्दी में लिखा था, जब वे दोनों, छः साल पहले, मुझे *सैं-राफ़ायेल* के स्टेशन तक पहुँचाने आये थे।

एक महिला की आवाज़ ने मुझसे कहा कि ''मुँस्युर रीगो को लम्बे अरसे से किसी ने नहीं देखा था।'' क्या मैं उसे चिट्ठी लिख सकता था? ''अगर आप चाहें। मैं आपको कोई गारंटी नहीं दे रही।'' तब मैंने उससे KLEBER 83-85 टेलीफ़ोन नम्बर का पता पूछा। यह *स्पोन्तीनी* मार्ग पर सुसज्जित फ्लैटों वाली एक इमारत थी। क्या उसे लिखूँ? लेकिन सहानुभूति के शब्द न तो इनग्रीद, न ही रीगो से मेल खाते लग रहे थे।

मैंने यात्राओं पर जाना शुरू कर दिया। उनकी स्मृति धूमिल पड़ गयी। मैं उनसे राह चलते टकरा गया था बस, और हमारे रिश्ते औपचारिक रहे थे। यह इनग्रीद की आत्महत्या के तीन हफ़्ते बाद की बात है कि पेरिस में, गर्मी की एक रात को मैं अकेला था—सफ़र के पड़ाव में, बिल्कुल ठीक-ठीक कहें

तो मैं दक्षिण प्रशान्त महासागर से वापस आ रहा था और कुछ दिनों के बाद मुझे रियो दी जानीरो के लिए रवाना होना था, फिर से मैंने नम्बर मिलाने की ज़रूरत महसूस की। मुझे याद है यह बात, मैं *रीवोली* मार्ग पर एक बड़े से होटल के अंदर गया, ख़ास तौर पर फ़ोन करने के लिए। टेलीफ़ोन ऑपरेटर को नम्बर थमाने से पहले, मैं हॉल में चहलकदमी करता रहा, मन में वे वाक्य गढ़ता रहा जो मैं रीगो से कहने वाला था। मुझे डर था कि कहीं ऐसा न हो कि भावावेश में कहीं मेरी ज़ुबान ही न खुले। लेकिन इस बार, किसी ने जवाब नहीं दिया।

फिर साल दर साल गुज़रते रहे, यात्राएँ, *प्लेयेल* या अन्य जगहों पर डॉक्यूमेंट्री फ़िल्मों को दिखाना, इनग्रीद और रीगो का कोई ख़ास ख़याल ज़हन में आये बग़ैर। उस शाम को, जब मैंने आख़िरी बार रीगो को फ़ोन करने की कोशिश की थी वह भी आज ही की तरह गर्मियों की एक शाम थी : ऐसी ही गर्मी और अजनबियत और एकाकीपन का एहसास, लेकिन अभी जो महसूस कर रहा हूँ उसके मुकाबले काफ़ी कम... वह सिर्फ़ दो हवाई जहाज़ों के बीच के ख़ाली समय का एहसास था जो एक यात्री महसूस करता है। कुछ दिनों बाद कावानो और वेज़ेल का मेरे पास आना तय था और हम तीनों को *रियो* के लिए रवाना होना था। जीवन तब तक गतिविधियों और सुंदर परियोजनाओं से गुँजायमान था।

~

अभी-अभी, होटल वापस लौटने से पहले, मैं देख कर दंग था कि प्राचीन औपनिवेशिक संग्रहालय के सामने का हिस्सा और चौक वाला फव्वारा जगमगा रहा था। दो पर्यटक बसें *सूल्ट* मार्ग की शुरुआत पर खड़ी थीं। 14 जुलाई (फ्राँस का राष्ट्रीय पर्व) करीब आने पर, चिड़ियाघर क्या रात के वक्त खुला रहता था? रात के नौ बजे आख़िर सैलानियों को क्या चीज़ लुभाती थी इस मोहल्ले में?

मैंने मन में सोचा कि क्या आन्नेत अगले हफ़्ते हमारे सभी दोस्तों को घर बुलायेगी जैसा हर साल 14 जुलाई को हम लोग करते थे, *सीते वेरों* वाले

घर की बड़ी-सी छत पर। मुझे काफ़ी हद तक यक़ीन था इस बात का कि उसे अपने आसपास लोगों की ज़रूरत थी, मेरे लापता हो जाने की वजह से। और कावानो ज़रूर उसे जोश दिलायेगा कि वह इस रिवाज़ को न तोड़े।

मैं *सूल्ट* मार्ग पर चलता रहा। इमारतें धूप में आधी दिख रही थीं। कभी-कभी उनमें से किसी एक के सामने के हिस्से पर धूप की एक बड़ी सी पट्टी पढ़ रही थी। वही नज़ारा मैंने कहीं-कहीं फुटपाथ पर भी देखा। परछाईंयाँ और डूबते सूरज की किरणों का यह विरोधाभास, यह गर्मी और यह खाली सड़क... *कासाब्लाँका*। हाँ, मैं *कासाब्लाँका* की चौड़ी सड़कों में से एक के किनारे-किनारे चल रहा था। रात ढल चुकी है। खुली खिड़कियों से, मुझ तक टेलीविज़न का शोरगुल पहुँच रहा था। फिर से, पेरिस में हूँ। मैं एक टेलीफ़ोन केबिन के अंदर गया और रीगो कुलनाम को तलाश करने में टेलीफ़ोन डायरेक्टरी के पन्ने पलटने लगा। रीगो कुलनाम वाला एक पूरा कॉलम था उन सबके पूरे नाम सहित। लेकिन मुझे उसका नाम याद नहीं था।

हालाँकि मुझे विश्वास था कि रीगो अभी भी जीवित था, कहीं, शहर के बाहरी इलाके के किसी मोहल्ले में। कितने आदमी, कितनी औरतें जिनको हम मृत या लापता समझते रहते हैं, इन इमारतों में, जो पेरिस की सरहद की पहचान हैं, रहते हैं...मैंने *पोर्त्त-द-ओरे* पर दो या तीन लोग देखे जिनके चेहरों पर उनके अतीत की परछाईंयाँ थीं। वे आपको उनके बारे में विस्तार से बता सकते हैं लेकिन वे आख़िर तक चुप्पी साधे रहेंगे और उन्हें इस बात की ज़रा भी परवाह नहीं होगी कि दुनिया उन्हें भुला चुकी है।

~

होटल *दाँद* के अपने कमरे में, मैं सोच रहा था कि गर्मियाँ कितनी एक जैसी होती हैं। जून की बारिश, झुलसाने वाली गर्मी, 14 जुलाई की शामें, जब हम लोग, आन्नेत और मैं, दोस्तों को घर पर न्यौता देते थे, *सीते वेरों* वाले घर की छत पर... लेकिन वह गर्मी जब मैं इनग्रीद और रीगो से मिला था, वह वाकई अनोखी थी। उस बार, उस समय तक हवा में ख़ुशनूदगी थी।

ज़िन्दगी के किस मोड़ से गर्मी का मौसम मुझे अचानक उनसे अलग लगने लगा था, जिन्हें तब तक मैंने जिया था? यह तय कर पाना मुश्किल था। कोई निश्चित रेखा नहीं थी। मिलान में इनग्रीद की आत्महत्या वाली गर्मी से? मुझे वह गर्मी भी पहले की गर्मियों जैसी ही लगी थी। आज पीली टैक्सी में, धूप में, उन सुनसान सड़कों, उस उमस भरी गर्मी को याद करते हुए मैं पेरिस में, जुलाई के महीने में वैसी ही कसमसाहट महसूस कर रहा हूँ।

काफ़ी लम्बे अरसे से—और इस बार सामान्य से ज़्यादा ज़बरदस्त तरीके से—गर्मी एक ऐसा मौसम है जो मेरे अंतर्मन में ख़ालीपन और बेसुधी का एहसास जगाता है और मुझको अतीत में ले जाता है। क्या यह जानलेवा निर्मम रोशनी, सड़कों की नि:स्तब्धता, *सूल्ट* मार्ग की इमारतों के सामने वाले हिस्से पर डूबते सूरज और परछाईं का विरोधाभास है? अतीत और वर्तमान की परतें घुलमिल कर मेरे ज़ेहन में गड्ड–मड्ड हो रही हैं। यह व्यग्रता, निस्संदेह वहीं से आती है। यह बेचैनी, इसको मैं सिर्फ़ एकाकीपन की अवस्था में महसूस नहीं करता हूँ, जैसे आज कर रहा हूँ, बल्कि *सीते वेरों* की छत पर, हमारी हर 14 जुलाई की पार्टी के समय भी महसूस किया है। मैं हमेशा वेज़ेल और कावानो को ख़ुद से कहते हुए पाता हूँ : "तब, ज्याँ, कुछ गड़बड़ है क्या? तुम्हें शैम्पेन का एक प्याला पीना चाहिए..." या फिर आन्नेत मुझसे चिपकती, वह मेरे होंठो को अपनी तर्जनी से सहलाती, मेरे कान में कुछ फुसफुसाते हुए, अपने डेनिश अंदाज़ में कहती : "क्या सोच रहे हो, जान्नो? बोलो, तुम मुझसे अभी भी प्यार करते हो?" और मैं अपने इर्द-गिर्द, हँसी के ठहाके, बातचीत की खुसर-पुसर और संगीत सुनता हूँ।

उस वाली ग्रीष्म ऋतु में, बेचैनी नहीं थी, न वर्तमान और अतीत की परतों का यह अजीब किस्म से घुलमिल जाना था। मैं बीस वर्ष का था। मैं आस्ट्रिया के वियेना शहर से ट्रेन में वापस आ रहा था, और मैं *सैं-राफ़ायेल* स्टेशन पर उतरा था। सुबह के नौ बजे थे। मैं एक बस लेना चाहता था जो मुझे *सैं-त्रोपेज़* के इलाके के आस-पास कहीं पहुँचा देती। अपनी जैकेट की जेबों को टटोलने पर मैंने पाया कि मेरे पास जो भी पैसे बचे थे, वे सारे किसी ने चुरा लिए थे : तीन सौ फ्रैंक। उसी क्षण, मैंने तय किया कि अपने

भविष्य के बारे में सवालों में नहीं उलझूँगा। उस दिन सुबह मौसम सुहाना था और गर्मी भी आज की तरह ही उमस भरी थी लेकिन उस समय इससे मुझे परेशानी नहीं होती थी।

मैं *सैं-राफ़ायेल* के बाहर समुद्र के किनारे वाले रास्ते पर लिफ़्ट माँगने के लिए खड़ा था। मैंने लगभग आधे घंटे तक इंतज़ार किया तब जाकर एक काली गाड़ी रुकी। पहली चीज़, जिससे मैं चौंका वह यह थी कि गाड़ी महिला चला रही थी और पुरुष पीछे की सीट पर बैठा था। काँच नीचे सरकाये वह खिड़की से झाँक रही थी। उसने धूप का चश्मा पहना हुआ था।

"आपको कहाँ जाना है?"

"*सैं-त्रोपेज़* के पास।"

सिर हिलाकर उसने इशारा किया कि मैं गाड़ी में बैठ सकता हूँ।

वे एक शब्द तक नहीं बोल रहे थे। बातचीत शुरू करने के लिए मैं एक वाक्य ढूँढ रहा था।

"आप छुट्टियाँ मना रहे हैं?"

"जी, जी..."

उसने अनमनेपन से मुझे जवाब दिया था। पुरुष, पीछे की सीट पर एक नक्शा देख रहा था जो *मिशलें* के नक्शों से बहुत ज़्यादा बड़ा था। *रियर व्यू* शीशे में, मैं उसे अच्छी तरह से देख पा रहा था।

"हम जल्दी ही *इसॉम्ब्र* पहुँच जायेंगे..."

वह सड़क के किनारे लगे मार्गदर्शन के संकेत देख रही थी। फिर चेहरे का रुख़ मेरी तरफ़ किया :

"आपको कोई दिक्कत तो नहीं होगी अगर हम लोग थोड़ी देर के लिए *इसाम्ब्र* रुकें तो?"

उसने यह बात मुझसे ऐसी सहजता से कही थी, मानो हम लोग एक-दूसरे को काफ़ी लम्बे समय से जानते थे।

"हम रुक रहे हैं, लेकिन उसके बाद हम *सैं-त्रोपेज़* तक जायेंगे," मुस्कुराते हुए उसने मुझसे कहा।

पुरुष ने अपना नक्शा मोड़ लिया था और उसको सीट पर अपने बगल में रख लिया था। मेरी नज़र में उन दोनों की उम्र पैंतीस के लगभग होगी। उसके बाल गहरे भूरे थे और आँखें चमकीली। पुरुष के बाल छोटे कटे थे, पीछे की ओर काढ़े हुए, खूब बड़ा चेहरा, नाक हल्की सी दबी हुई। उसने स्वीड (साँभर के चमड़े) की जैकेट पहन रखी थी।

"वहीं पर होना चाहिए... वह आदमी हमारी राह देख रहा है..."

वह औरत की तरफ़ झुका हुआ था और अपना हाथ उसके कंधे पर टिका रखा था। गर्मियों के लिबास में एक आदमी एक काला भारी सूटकेस लिए हुए एक हवेली के लोहे के गेट के सामने चहलकदमी कर रहा था। महिला ने गाड़ी फुटपाथ पर लगायी, लोहे के गेट से कुछ मीटर की दूरी पर।

"हम लोगों को थोड़ा सा काम है," उसने कहा, "आप गाड़ी में हमारा इंतज़ार कर सकते हैं?"

पहले पुरुष गाड़ी से बाहर निकला और बाहर आकर महिला के लिए गाड़ी का दरवाज़ा खोला। जब वह निकल गयी, तब उसी ने दरवाज़ा बंद किया। फिर उसने कार की खिड़की से जिसका शीशा नीचे सरकाया हुआ था, भीतर झाँका।

"अगर आपको ऊब होने लगे तब आप सिगरेट पी सकते हैं...दस्तानों वाले डिब्बे में कुछ सिगरेट हैं..."

वे दोनों, सूटकेस वाले आदमी की ओर चलने लगे थे। मैं गौर कर रहा था कि पुरुष थोड़ा सा पाँव घसीट कर चल रहा था, लेकिन पीठ एकदम सीधी थी, और महिला को कंधे से पकड़े हुए था, रक्षक के अंदाज़ में। इन दोनों ने सूटकेस वाले आदमी से हाथ मिलाया जिसने लोहे का गेट खोला और उन दोनों को अपने से आगे जाने दिया।

~

दस्तानों के डिब्बे में सिगरेट ढूँढने के क्रम में, मैंने एक पासपोर्ट नीचे गिरा दिया। उसे उसकी जगह पर संभाल कर रखने से पहले, मैंने उसे खोला : मैं नहीं कह सकता कि यह भंगिमा यंत्रवत् थी या मेरे मन में एक सहज जिज्ञासा थी। इनग्रीद तेरसेन, श्रीमती रीगो के नाम का एक फ्राँसीसी पासपोर्ट। मुझे इस बात पर हैरानी हुई कि उसका जन्म वियेना, आस्ट्रिया में हुआ था, वह शहर जहाँ मैं कुछ महीनों तक रह चुका था। मैंने एक सिगरेट जलायी, लेकिन पहले कश से ही मेरा जी मिचलाने लगा : रात को मैं ट्रेन में सोया नहीं था, न ही एक दिन पहले दोपहर के भोजन के बाद से कुछ खाया था।

मैं गाड़ी छोड़ कर नहीं हटा। मैं थकान से जूझने की कोशिश कर रहा था, लेकिन रह-रह कर मुझे नींद के झोंके आ रहे थे। मुझे किसी की बातचीत की खुसर-पुसर सुनाई पड़ी और मैंने आँखें खोलीं...वे दोनों, सूटकेस वाले आदमी सहित, गाड़ी के पास थे। इन दोनों ने उससे हाथ मिलाया और वह लम्बे डग भरता हुआ सड़क पार कर गया।

मैंने दरवाज़ा खोला और गाड़ी से बाहर निकल आया।

"आप आगे तो नहीं बैठना चाहेंगे?" मैंने आदमी से पूछा।

"नहीं...नहीं...मैं अपनी टाँग के कारण पीछे बैठने के लिए मजबूर हूँ... मैं अभी पूरी तरह से पाँव मोड़ पाने में असमर्थ हूँ...घुटने की एक पुरानी चोट है..."

लगा कि वह मुझे आश्वस्त करना चाह रहा था। वह मुझे देख कर मुस्कुरा रहा था। पासपोर्ट में जिस रीगो का ज़िक्र था, क्या यह वही था?

"आप बैठ सकते हैं," भवों की एक मोहक सिकुड़न के साथ वह बोली।

उसने दस्तानों वाला डिब्बा खोला और एक सिगरेट उठायी। उसने गाड़ी ज़रा झटके से चालू की। पुरुष सीट पर फैल कर बैठ गया था, अपनी एक टाँग सीट पर पसार कर।

~

वह गाड़ी धीरे-धीरे चला रही थी, मुझे अपनी आँखें खुली रखने में दिक्कत हो रही थी।

"आप छुट्टियों पर हैं?" उसने पूछा।

मुझे डर लग रहा था कि वे मुझसे कोई और सवाल न पूछने लगें, मसलन : "आपका पता क्या है? क्या आप पढ़ाई करते हैं?"

"छुट्टियों पर तो नहीं हूँ वैसे," मैंने कहा। "मुझे ठीक से मालूम भी नहीं है कि मैं यहाँ रहूँगा कि नहीं।"

"हम लोग *पॉम्पलोन्न* समुद्रतट के पास एक छोटे से घर में रहते हैं," वह औरत मुझसे बोली। "लेकिन हम लोग किराये पर कुछ और ढूँढ रहे हैं...जितनी देर आप हमारा इंतज़ार कर रहे थे हम लोग एक बंगला देख कर आये...अफ़सोस...मेरे हिसाब से बहुत बड़ा है..."

हमारे पीछे बैठा पुरुष, चुपचाप रहा। एक हाथ से वह अपने घुटने को मल रहा था।

"मुझको जो अच्छा लगा वह था उसका नाम : *लेज़ इस्सॉम्ब्र*...आपको नहीं लगता कि यह एक बड़ा प्यारा नाम है?"

और वह मुझको अपने धूप के चश्मे के पीछे से देखती रही।

~

सैं-त्रोपेज़ पहुँचने पर, दाहिनी तरफ़ से हमने समुद्रतट के किनारे वाला रास्ता लिया।

"यहाँ से आगे, मैं हमेशा गलत रास्ता ले लेती हूँ," वह बोली।

"तुम एकदम सीधे चलो।"

वह मद्धम आवाज़ में बोल रहा था, थोड़ा पेरिस वालों के अंदाज़ में, जिससे मुझको सूझा कि उनसे पूछूँ कि वह कहीं पेरिस में तो नहीं रहते।

"जी, लेकिन संभवत: हम लोग हमेशा के लिए यहाँ रहने लग जायेंगे।" औरत ने कहा।

"और आप, आप पेरिस में रहते हैं?"

मैं पुरुष की तरफ़ मुड़ा। उसकी टाँग अभी तक सीट पर फैली थी। मुझे महसूस हो रहा था कि वह मुझको व्यंग्यपूर्ण नज़रों से देख रहा था।

"जी, मैं पेरिस में रहता हूँ"

"अपने माता-पिता के साथ?"

"नहीं।"

"छोड़ दो उसको," वह बोली। "हम लोग पुलिसवाले नहीं हैं।"

दूर, सड़क से थोड़ा नीचे, अंगूर के बागों और चीड़ के पेड़ों के परे समुद्र दिखने लगा।

"तुम फिर बहुत आगे निकल आईं," वह बोला। "बाँयी ओर वाली सड़क लेनी चाहिए थी।"

उसने गाड़ी घुमायी और उल्टी दिशा से आती गाड़ी के एकदम पास से ख़ुद को बचाया।

"आपको डर नहीं लग रहा है?" पुरुष ने मुझसे पूछा। "इनग्रीद बहुत ख़राब गाड़ी चलाती है। अब से कुछ दिनों बाद, जब मेरा पैर ठीक हो जाएगा, तब मैं फिर से गाड़ी चलाने लगूँगा।"

हम लोग एक पतली सड़क से जा रहे थे जिसकी शुरुआत में एक सांकेतिक बोर्ड लगा हुआ था : *ताहिती-मूरेया*।

"आपके पास गाड़ी चलाने का लाइसेंस है?" औरत ने मुझसे पूछा।

"जी।"

"तब तो मेरी जगह आप चला सकते हैं। वह ज़्यादा समझदारी का काम होगा।"

वह एक लाल बत्ती पर रुकी और मैं, जैसे ही उसकी जगह स्टीयरींग संभालने के लिए उठने लगा, उसने कहा :

''नहीं... नहीं... तुरन्त नहीं... बाद में...''

''बायीं तरफ़ है,'' पुरुष ने उससे कहा।

वह एक नये मार्ग संकेत बोर्ड को इंगित कर रहा था : *ताहिती-मूरेया*।

~

सड़क अब बेंत की झालर लगा एक कच्चा रास्ता भर थी। हम लोग एक चारदीवारी के किनारे-किनारे से गये जिसमें एक नीले रंग का दरवाज़ा बना हुआ था। उसने गाड़ी इस दरवाज़े के आगे लगायी।

''मैं समुद्र के किनारे वाले रास्ते से लौटना चाहूँगा।'' पुरुष ने कहा।

हम लोग बेंत की झालर वाले रास्ते पर चलते-चलते एक खुले मैदान तक पहुँचे, जो *मूरेया* रेस्तराँ की पार्किंग के काम आ रहा था। गाड़ी लगाने के बाद, हमने खाली पड़े रेस्तराँ के बाहर बैठने की खुली जगह पार की। हम लोग समुद्र के किनारे पर थे।

''वह थोड़ी और दूर है,'' पुरुष ने कहा। ''हम लोग वहाँ तक पैदल जा सकते हैं...''

उसने अपने कपड़े के जूते उतार लिये और पुरुष की बाँह पकड़ ली थी। वह पैर घसीट रहा था लेकिन उतना ज़्यादा नहीं जितना कुछ देर पहले।

''समुद्र किनारे अभी तक कोई भी नहीं है,'' औरत ने मुझसे कहा। ''इस पहर में मुझको यहाँ अच्छा लगता है।''

घर और समुद्र तट को बड़े सुराखों वाली लोहे की जाली अलग कर रही थी। उनमें से एक सुराख में से सरक कर हम दूसरी तरफ़ निकल गये। करीब पचास मीटर की दूरी पर, एक हवेली थी जिसे देखकर मुझे अमरीकी राजमार्ग पर बने सराय याद आ रहे थे। हवेली चीड़ के पेड़ों के उपवन के साये में थी।

"मुख्य हवेली वहाँ पर है," पुरुष ने मुझसे कहा।

एकदम अंत में, चीड़ के पेड़ों के परे, मुझे एकमंजिला सफेद स्पेनी या मूरिश शैली का एक बड़ा मकान दिखा जो एक नीली पच्चीकारी वाली स्विमिंग पूल के चारों तरफ़ बना हुआ था। उसमें कोई नहा रहा था।

"मकान-मालिक वहाँ पर रहते हैं," पुरुष ने मुझे बताया। "हमने उनसे माली वाला घर किराये पर ले लिया था।"

~

वह बंगले से एक आसमानी रंग का स्विमिंग सूट पहने बाहर निकली। हम लोग ऊँची खिड़कियों के सामने रखी निवाड़ की आराम-कुर्सियों पर बैठे उसके आने का इंतज़ार कर रहे थे।

"आप थके हुए लग रहे हैं," पुरुष ने मुझसे कहा। "आप यहाँ पर आराम कर सकते हैं। हम लोग समुद्रतट पर जा रहे हैं... बिल्कुल सामने..."

वह अपने धूप के चश्मे के पीछे से चुपचाप मुझे देख रही थी। फिर बोली :

"आपको नींद की एक झपकी ले लेनी चाहिए।"

उसने बंगले के पास, चीड़ के पेड़ों के झुण्ड के नीचे रखे एक बड़े हवादार गद्दे की ओर इशारा करते हुए कहा।

~

मैं गद्दे पर लेट गया था, नज़रें आसमान और चीड़ के पेड़ों के शिखर पर टिकी हुई थीं। मुझे स्वीमिंग पूल से आती आवाज़ों की खनक सुनाई दे रही थी, और उसके परे, पानी में छलाँग लगाने का शोर था। वहाँ ऊपर, डालियों के बीच में, धूप-छाँव का खेल चल रहा था। मैं एक मीठी तंद्रा में बहता चला गया। अब, जब मैं यह वाकया याद करता हूँ, तब मुझे लगता है कि वह मेरे जीवन

के उन दुर्लभ क्षणों में से एक था जब मुझे सुख और शांति का एहसास हुआ था जिसे मैं आनंद कह सकता था।

इस उनींदेपन में, कभी-कभी सूरज की किरणें चीड़ की छाँव को चीरते हुए मुझको चौंधिया रही थीं, मुझको यह सर्वथा स्वभाविक लग रहा था कि यह दंपति मुझे अपने यहाँ लेकर आ गया था, मानो हम लोग एक-दूसरे को लम्बे समय से जानते थे। किसी भी सूरत-ए-हाल में, मेरे पास कोई रास्ता नहीं था। देखेंगे चीज़ें क्या मोड़ लेती हैं। मैं नींद के आगोश में चला गया।

~

मुझको उनके बात करने की आवाज़ अपने पास सुनाई पड़ रही थी लेकिन मैं आँखें नहीं खोल पा रहा था। मेरी पलकों के परे से नारंगी रोशनी छन कर आ रही थी। अपने कंधे पर मुझको एक हाथ का दबाव महसूस हुआ।

''तो? अच्छी तरह सोये?''

मैं झटके से उठ कर खड़ा हो गया। आदमी ने सूती पतलून, काली टी शर्ट और धूप का चश्मा पहना हुआ था और औरत ने बाथरोब पहन रखा था। उसके बाल गीले थे। निस्संदेह वह अभी-अभी नहा कर आई थी।

''करीब तीन बज चुके हैं,'' आदमी मुझसे बोला। ''आप हमारे साथ खाना खायेंगे?''

''मैं आप लोगों के बीच में ख़लल नहीं डालना चाहता हूँ।'' मैं अभी तक आधी नींद में था।

''लेकिन आप हमारे बीच में बिल्कुल ख़लल नहीं डाल रहे हैं... है न, इनग्रीद?''

'' ज़रा भी नहीं।''

वह मुस्कुरा रही थी और अपनी हल्की नीली या धूसर आँखें मुझ पर टिकाये हुए थी।

हम लोग समुद्रतट के किनारे-किनारे से चलते हुए *मूरेया* रेस्तराँ के बाहर पहुँचे। अधिकतर मेज़ें खाली थीं। हम लोग उस मेज़ पर बैठे जिसे हरे तिरपाल वाली छतरी ने ढक रखा था। स्की प्रशिक्षक जैसी कद-काठी वाला एक आदमी हमसे खाने का ऑर्डर लेने आया।

"हमेशा की तरह," वह बोली। "तीन लोगों के लिए।"

~

धूप ने समुद्र, तट और *मूरेया* रेस्तराँ को जैसे ख़ामोशी की चादर में लपेटा हुआ था। और इस निःशब्दता की तह में, हल्की से हल्की आहट भी एक ख़ास तीखेपन सहित हट कर सुनाई पड़ती थी : स्वीमिंग सूट में लोगों की आवाज़, हमसे दूर एक मेज़ से आती आवाज़, जिनकी बातचीत हम ऐसे सुन पा रहे थे जैसे कि वे हमारे नज़दीक बैठे हों : पाल नौका की गुंजन जो सागर के शांत जल पर फिसल रही थी, समय-समय पर मोटर बंद होने पर भी, पानी पर बहती चली जा रही थी। फिर हमें उनकी हँसी और आवाज़ों की खनक सुनाई पड़ रही थी जो उन पर सवार थे।

"अगर मैं सही समझ रहा हूँ," आदमी ने मुझसे कहा, "आपके पास यहाँ कहीं पर ठहरने की जगह नहीं है।"

"नहीं।"

"आप बेमकसद निकल पड़े थे..."

उसकी आवाज़ में ज़रा भी तंज़ नहीं था। बल्कि उसके पूछने के अंदाज़ में मुझे अपने प्रति सहानुभूति का एहसास हुआ।

"लेकिन बदकिस्मती से, वक्त का तकाज़ा है कि जितनी जल्दी हो सके मैं पेरिस लौट जाऊँ...काम के लिए।"

"किस तरह का काम?"

अब, औरत मुझसे सवाल कर रही थी, अपनी हल्की नीली आँखें मुझ

पर गड़ाये।

"मैं एक भूगोल की पत्रिका के लिए लेख लिखता हूँ..."

मैं सिर्फ़ आधा झूठ बोल रहा था। मैंने पत्रकार और खोजकर्त्ता हेनरी आर स्टैन्ली पर एक लम्बा लेख लिखा था, जिसे मैंने यात्रा-वृतान्त की एक पत्रिका को भेजा था, लेकिन इस बात को नज़रअंदाज़ कर गया था कि उसे छापा भी जायेगा कि नहीं।

"और आप किसी यात्रा से लौट रहे हैं?"

"जी। ऑस्ट्रिया के वियेना शहर से।"

मैं बातचीत का रुख़ वियेना की ओर मोड़ने की उम्मीद कर रहा था। वह इस शहर को बहुत अच्छी तरह जानती होगी क्योंकि उसका वहाँ पर जन्म हुआ था। बड़ी हैरत हुई जब उसने कोई प्रतिक्रिया नहीं दी।

"बहुत ख़ूबसूरत शहर है, वियेना..."

मैंने भरपूर कोशिश की लेकिन वियेना उसके मन में कोई याद नहीं जगा रहा था।

"और आप, आप पेरिस में काम करते हैं?"

"मैं सेवा निवृत्त हो चुका हूँ," मुस्कुराते हुए लेकिन शुष्क स्वर में वह बोला जिससे मुझमें एक और सवाल दागने का उत्साह मर गया।

"मैं नहाने जा रही हूँ। आप लोग मेरा यहीं पर इंतज़ार करेंगे?"

वह उठी और अपनी सफ़ेद बाथरोब उतार दी। धुँध में, मैं नज़रों से उसका पीछा कर रहा था। वह तट पार कर रही थी। फिर वह समुद्र में बढ़ती चली गयी जब तक पानी उसकी कमर तक नहीं पहुँच गया, उसके बाद वह पीठ के बल तैरने लगी।

हम लोग बंगले के साथ लगे चीड़ के पेड़ों की छाँव में इकट्ठे हुए। हम लोग ताश का एक खेल खेल रहे थे जो उन्होंने मुझे सिखाया था, इस खेल के नियम बहुत आसान थे। यह मेरे जीवन का इकलौता अवसर था जब मैंने ताश खेली हो। और फिर हम लोग दोपहर के अंतिम पड़ाव तक पहुँच गये थे।

''मैं कुछ सामान खरीदने जा रही हूँ,'' वह बोली।

पुरुष मेरी ओर मुड़ा :

''आप उसके साथ जा सकते हैं? एहतियातन... बगैर लाइसेंस के गाड़ी चलाती है वह... मैं कुछ देर पहले आपको यह बताना नहीं चाह रहा था... आप डर जाते कि कोई हमें *सैं राफाएल* के रास्ते में रोक न ले...''

वह हल्के से हँसा।

''मैं किसी चीज़ से नहीं डरता,'' मैंने उससे कहा।

''आप ठीक कहते हैं... हम भी नहीं डरते थे, आपकी उम्र में...''

''लेकिन किसी चीज़ से हमारा नहीं डरना अभी भी ज़ारी है,'' अपनी तर्जनी ऊपर उठाते हुए वह बोली।

~

मेरी जैकेट की भीतरी जेब में, मेरा पासपोर्ट और गाड़ी चलाने का लाइसेंस अभी भी मेरे पास था। मैं ड्राइवर की जगह पर बैठ गया। गाड़ी चालू करने और *मुरेया* की पार्किंग से बाहर निकालने में मुझे कठिनाई हुई, क्योंकि मैंने एक मुद्दत से गाड़ी नहीं चलाई थी।

''मुझे लग रहा है कि आप मुझसे भी कहीं ज़्यादा खराब गाड़ी चलाते हैं,'' वह बोली।

वह मुझे रास्ता बता रही थी। फिर से वही बाँस की झालर लगा सँकरा रास्ता। इतना पतला रास्ता था कि हर बार जब उल्टी दिशा से कोई गाड़ी आती

थी, मुझे किनारे पर सिमट जाना पड़ रहा था।

"आप चाहें तो मैं आपकी जगह चला लूँ?" वह बोली।

"नहीं, नहीं। ठीक हो जाएगा एकदम।"

~

मैंने गाड़ी पेरिस होटल के सामने खड़ी की, जिसके सामने का हिस्सा और लकड़ी के परदों वाली छोटी खिड़कियाँ पहाड़ के होटलों सा आभास दे रही थीं। हम पैदल चल कर बंदरगाह तक आये। यह वो समय था जब सैलानियों के जत्थे सैर कर रहे थे और घाट पर आकर लगती पाल नौकाओं को सराह रहे थे या फिर *सेनेकीये* के चबूतरे पर खाली जगह ढूँढने की कोशिश कर रहे थे। उसने दवाखाने से कुछ खरीददारी की। वह जानना चाह रही थी कि कहीं मुझे किसी चीज़ की ज़रूरत तो नहीं थी, और एक क्षण हिचकने के बाद, मैंने स्वीकारा कि मुझे *एक्सट्रा ब्लू जिलेट रेज़र* और शेविंग क्रीम चाहिए थी, लेकिन मेरे पास पैसे नहीं थे। उसके बाद हम लोग किताबों की दुकान पर गये जहाँ उसने एक जासूसी उपन्यास चुना। फिर बंदरगाह की तम्बाकू की दुकान से उसने सिगरेट के कुछ पैकेट खरीदे। भीड़ को धकेलते हुए, उनके बीच से रास्ता बनाने में हमें बड़ी दिक्कत हुई।

लेकिन कुछ देर बाद, पुराने शहर की गलियों में टहलने वाले हम अकेले थे। आने वाले सालों में, मैं इस जगह पर दोबारा आया, मैं बंदरगाह के किनारे पर चला और उन्हीं संकरी गलियों में आन्नेत, वेज़ेल और कावानो के संग घूमा। मैं उनकी बेपरवाही और ज़िन्दादिली में शरीक नहीं हो पा रहा था, मेरे वश से बाहर की बात थी। मैं कहीं और था, किसी और ग्रीष्म ऋतु में, जो ज़्यादा, बहुत ज़्यादा दूर थी और उस गर्मी की चमक, समय के साथ एक अजीब सा बदलाव झेल चुकी थी : फीकी पड़ चुकी, जैसे पुरानी धूमिल तस्वीरें। धूप और छाँव का विरोधाभास इस कदर प्रखर हो गया था कि स्मृति में मुझे सब कुछ श्वेत-श्याम में दिखता है।

हम लोग *पोंश* मार्ग पर निकल पड़े और मेहराबदार दरवाज़ा पार करने के बाद, उस चौक पर रुक गये थे जहाँ से मछुआरों वाला घाट दिखता था। उसने मुझे जर्जर घर की छत दिखायी।

''मेरे पति और मैं, हम वहाँ ऊपर रह चुके हैं, एक अरसा पहले...आप तो तब पैदा भी नहीं हुए होंगे...''

उसकी मलिन आँखें अब भी मुझ पर टिकी थीं, वही खोया सा भाव लिए, जो मुझे डरा रहा था। परन्तु उसकी भवों में एक सिकुड़न उभरी थी जिस पर पहले भी मेरा ध्यान गया था और जिसकी वजह से लगा कि वह प्यार से मेरा मज़ाक उड़ा रही थी।

''आपका मन नहीं कर रहा कि हम थोड़ा सा पैदल चलें?''

ढलान वाले बाग में, किले के पास, हम लोग एक बेंच पर बैठ गये।

''आपके माता-पिता हैं?''

''मैं उनसे मिलता नहीं हूँ, अब,'' मैंने उसे बताया।

''क्यों?''

फिर वही भवों का सिकुड़ना। क्या जवाब देता उसको? अजीबोग़रीब माँ-बाप थे जिन्होंने मुझसे छुटकारा पाने के लिए हमेशा एक होस्टल या रिमांड होम की तलाश की।

''आज सुबह जब मैंने आपको सड़क के किनारे देखा, तभी मेरे मन में यह बात उठी थी कि आपके माँ-बाप हैं कि नहीं।''

हम लोग बंदरगाह की ओर *सीतादेल मार्ग* से वापस नीचे गये। रास्ता ढलान वाला होने की वजह से वह मेरी बाँह पकड़े हुए थी। उसके हाथ और उसके कंधे के स्पर्श ने मुझे वह एहसास करवाया जिसे मैंने दोबारा कभी महसूस नहीं किया, किसी की छत्रछाया में होने का एहसास। वह पहली इन्सान होगी जिसने मेरी मदद की। एक हल्केपन की अनुभूति मुझ पर हावी होती चली जा रही थी। उसका रह-रह कर अपनी हल्की नीली आँखों से मुझ पर

नज़र डालना और कोमलता की ये सारी तरंगें जिन्हें वह हाथ के स्पर्शमात्र से व्यक्त कर रही थी, इस बात से मैं अनजान था कि जीवन में ऐसा कुछ भी घटित हो सकता था।

~

समुद्रतट से होते हुए हम लोग बंगले पर वापस आ गये थे। हम लोग निवाड़ की फोल्डिंग आराम-कुर्सियों पर बैठे हुए थे। रात ढल चुकी थी और शीशे की बड़ी खिड़कियों से छन कर आती किरणें हमें रोशनी में नहला रही थीं।

''ताश का एक खेल हो जाये?'' उसने कहा। लेकिन लगता नहीं है कि आपको बड़े घरों के खेल इतने पसन्द हैं...''

''इनकी उम्र में हम ताश खेलते थे क्या?''

वह उससे सबूत माँग रही थी और वह मुस्कुरा रहा था।

''हमारे पास ताश खेलने के लिए समय ही कहाँ था।''

आदमी ने यह बात एकदम धीमे स्वर में कही थी, जो सिर्फ़ उसको संबोधित थी और मैं जानने के लिए उत्सुक था कि उस दौर में वे क्या करते होंगे।

''आप सोने के लिए हमारे यहाँ रुक सकते हैं, अगर आपके पास जाने के लिए कोई और जगह नहीं है,'' वह बोली।

मैं इस ख़याल से शर्मिन्दा था कि वे मुझे आवारा समझ रहे होंगे।

''मैं आपका शुक्रगुज़ार हूँ... अगर आपको कोई परेशानी न हो तो मैं रुकना चाहूँगा ...''

यह कहना बहुत मुश्किल था और ख़ुद को ढाढ़स बंधाने के लिए मैंने अपने नाख़ून हथेलियों में चुभो दिये थे। लेकिन उनके सामने सबसे कठिन बात स्वीकार करना ज़रूरी था :

''कल मुझको पेरिस लौटना होगा। बदकिस्मती से, किसी ने मेरे सारे

पैसे, जो भी बचे हुए थे, चुरा लिये।''

सर झुकाने के बजाय, फ़ैसले का इंतज़ार करते हुए मैंने औरत को सीधे उसकी आँखों में देखा। फिर से, उसने भवें सिकोड़ीं।

''और आप इस वजह से परेशान हो रहे हैं?''

''आराम से रहिये,'' आदमी बोला। ''हम लोग कल की ट्रेन में आपको टिकट दिलवा देंगे।''

वहाँ ऊपर, चीड़ के पेड़ों के पीछे, बंगला और स्विमिंग पूल जगमगा रहा था और मुझे नीली पच्चीकारी में फिसलती हुई आकृतियाँ नज़र आ रही थीं।

''वे लोग हर शाम पार्टी करते हैं,'' पुरुष बोला। ''नतीजतन हम सो नहीं पाते हैं। इसी वजह से हम लोग कोई और घर ढूँढ रहे हैं।''

''शुरू-शुरू में वे लोग हम पर बहुत दबाव डालते थे कि हम इन पार्टियों में शामिल हों,'' औरत बोली। ''इसलिए हम लोग सारी बत्तियाँ बुझा देते हैं और जतलाते हैं जैसे कि हम घर पर हैं ही नहीं।''

''हम लोग अंधेरे में रहते थे। एक बार, वे लोग हमें ढूँढने के लिए आये। हम लोग पास में, चीड़ के पेड़ों में छुपे बैठे रहे...''

वे क्यों मुझ पर इतना भरोसा जतला रहे थे या इस तरह मेरे सामने स्वीकार कर रहे थे, जैसे अपनी सफ़ाई दे रहे हों?

''आप लोग उन्हें जानते हैं?'' मैंने उनसे पूछा।

''हाँ, हाँ, थोड़ा-बहुत...'', उसने कहा। ''लेकिन हम उनसे मिलना नहीं चाहते हैं...''

''हम लोग जंगली बन गये हैं,'' औरत बोली।

आवाज़ें करीब आती जा रही थीं। एक छोटा सा झुण्ड, करीब 50 मीटर की दूरी पर, चीड़ के पेड़ों की कतार वाली पगडंडी पर आगे बढ़ता चला आ रहा था।

"अगर हम लोग बत्तियाँ बुझा दें तो आपको दिक्कत तो नहीं होगी?" उसने मुझसे पूछा।

वह बंगले के अंदर गया, हम दोनों को, उस औरत को और मुझको, अंधेरे में छोड़ कर, और बत्तियाँ बुझ गयीं। उसने अपना हाथ मेरी मुट्ठी पर रख दिया।

"अब धीमी आवाज़ में बात करनी होगी।" उसने कहा।

और वह मुझे देख कर मुस्कुरा रही थी। पुरुष, हमारे पीछे, आहिस्ता-आहिस्ता खिड़की को नीचे सरका रहा था ताकि शोर न हो और फिर से आकर मोढ़े पर बैठ गया। वे लोग अब काफ़ी नज़दीक थे, उस पगडंडी पर जो बंगले तक आ रही थी। उनमें से एक, अपनी भारी, रूखी आवाज़ में दोहराये जा रहा था :

"पर तुम्हारी क़सम खा रहा हूँ! तुम्हारी क़सम खा रहा हूँ..."

अगर वे यहाँ तक आ जायें, तब हमको सिर्फ़ सोने का नाटक करना होगा," आदमी ने कहा।

मैंने उस अजीबोगरीब नज़ारे की कल्पना की जो हम उन लोगों के सामने पेश कर रहे होंगे, अपने मोढ़ों पर गहरे अंधेरे में ऊँघते हुए।

"और हमें जगाने के लिए यदि वे हमारे कंधों पर थपकी दें तो?" मैंने पूछा।

"तब, इस स्थिति में हम मृत होने का ढोंग करेंगे," वह बोली।

मगर वे बंगले की ओर आती पगडंडी छोड़ कर ढलान से नीचे उतर रहे थे, चीड़ के पेड़ों के नीचे, समुद्र तट की दिशा में। चाँदनी में, मैं दो पुरुष और तीन स्त्रियों को देख पा रहा था।

"ख़तरा टल गया," आदमी बोला। "बेहतर यही है कि अंधेरे में रहा जाये। समुद्रतट से उनके रोशनी देख लेने का ख़तरा है।"

मुझे मालूम नहीं था कि यह कोई खेल था या वे गंभीर थे।

"हमारा व्यवहार आपको अचंभित कर रहा है?" औरत ने मधुर स्वर में मुझसे पूछा। "कुछ ऐसे भी पल होते हैं जब हम छोटी से छोटी बात का आदान-प्रदान भी लोगों के साथ करने में असमर्थ होते हैं... यह हमारे वश से बाहर की बात होती है..."

तट पर उनकी परछाइयों की आकृति बन रहीं थी। वे अपने कपड़े उतार रहे थे और उन्हें एक पेड़ के विशाल तने के ऊपर रख रहे थे जो *पोलिनेशियन* कुलदेवता की तरह तराशा गया था, और जिसकी परछाईं एक मूँगा चट्टान के किनारे पर होने का एहसास दे रही थी, जैसे कहीं दक्षिण के सागरों में होती है। औरतें, पूर्णतया नग्न, समुद्र की ओर दौड़ रही थीं। आदमी आवाज़ निकालते हुए उनका पीछा करने का दिखावा कर रहे थे। हवेली से, एकदम कोने से कहीं, संगीत की स्वरलहरियाँ और बातचीत का शोर आ रहा था।

"यह सुबह के तीन बजे तक चलेगा" थकी आवाज़ में उसने कहा। "वे नाचते हैं और मध्यरात्रि-स्नान करते हैं।"

हम अपने मोढ़ों पर, अंधेरे में, काफ़ी देर तक चुप बैठे रहे, जैसे कि हम छुप रहे हों।

~

उस औरत ने मुझे जगाया। जब मैंने आँखें खोली तो फिर वही हल्की नीली या धूसर आँखें ख़ुद पर टिकी हुई देखीं। उसने कमरे की ऊँची लम्बी वाली स्लाइडिंग खिड़की ऊपर खींची और सुबह की धूप ने मुझे चकाचौंध कर दिया। हम लोगों ने नाश्ता बाहर बैठ कर किया, हम तीनों ने। चीड़ की सुगंध हमारे चारों तरफ़ तैर रही थी। नीचे, समुद्र का किनारा सुनसान था। अब उनके मध्यरात्रि स्नान का कोई निशान बाकी नहीं था। एक भी वस्त्र छूटा नहीं था *पोलिनेशियन* कुलदेवता पर।

"यदि आप कुछ दिनों के लिए यहाँ रहना चाहते हैं तो रह सकते हैं," आदमी बोला। "हमें इससे कोई परेशानी नहीं है।"

मैं उसे हाँ बोलने के लिए लालायित हो गया। फिर से उसी कोमलता, उसी प्रफुल्लता के एक भाव से सराबोर हो गया, जैसा उस वक्त, जब उस औरत के साथ ढलान वाली सड़क से उतर कर जाते हुए महसूस किया था। ख़ुद को बह जाने देना था, हर नये दिन के साथ जीने के लिए। भविष्य के बारे में ख़ुद से और सवाल नहीं करना था। उदार लोगों की संगत में रहना था जो आपको आपकी मुश्किलें हल करने में सहयोग दें और धीरे-धीरे आप में आत्मविश्वास जगायें।

"मुझे पेरिस लौटना ज़रूरी है... अपने काम के लिए..."

उन्होंने मुझे *सैं-राफ़ायेल* स्टेशन तक गाड़ी से पहुँचाने का प्रस्ताव दिया। नहीं, इसमें उन्हें कोई परेशानी नहीं थी। किसी भी हाल में, उन्हें *इस्सॉम्ब्र* वाला घर एक बार और देखना ही था। इस बार, गाड़ी पुरुष चला रहा था और मैं पीछे वाली सीट पर बैठ गया था।

"उम्मीद करती हूँ कि आपको डर नहीं लगेगा" मेरी ओर मुड़ते हुए वह बोली। "यह हम लोगों से भी ज़्यादा ख़राब गाड़ी चलाता है।"

वह बहुत तेज़ गाड़ी चला रहा था और अक्सर घुमावदार सड़क पर मैं सीट को ज़ोर से पकड़ रहा था। आख़िरकार संभलते, भटकते मेरा हाथ औरत के कंधे पर जाकर ठहरा, जैसे ही मैं अपना हाथ हटाने वाला था कि एक और घुमावदार मोड़ के आने की वजह से उसने झटके से गाड़ी की ब्रेक लगायी, तब औरत ने मेरी कलाई ख़ूब ज़ोर से पकड़ ली।

"यह हमें मार डालेगा," वह बोली।

"नहीं, नहीं। तुम लोग चिंता मत करो। फिर से नहीं होगा, बस इसी बार था।"

सैं-राफ़ायेल स्टेशन पर वह तेज़ी से टिकट खिड़की की ओर बढ़ा जबकि वह मुझे अख़बार और किताबों के स्टॉल के सामने रोके रही।

"आप मेरे लिए एक जासूसी उपन्यास नहीं ढूँढ सकते?" उसने मुझसे पूछा।

मैंने किताबों के रैक पर नज़र डाली और रहस्य-रोमांच शृंखला की एक किताब चुनी।

"यह चलेगी," वह बोली।

पुरुष हम लोगों के पास आ गया। वह मेरी तरफ़ एक टिकट बढ़ा रहा था।

"मैंने आपके लिए प्रथम श्रेणी का टिकट लिया है। ज़्यादा आरामदेह होगा।"

मैं संकोच महसूस कर रहा था। उसका शुक्रिया अदा करने के लिए शब्द ढूँढ रहा था।

"तकलीफ़ उठाने की ज़रूरत नहीं थी..."

उसने कंधे उचकाये और रहस्य-रोमांच शृंखला वाली किताब खरीदी। फिर वे लोग मुझको प्लेटफ़ार्म तक पहुँचाने के लिए आये। तक़रीबन दस मिनट ट्रेन का इंतज़ार करना था। हम लोग तीनों एक बेंच पर बैठ गये।

"मैं आप लोगों से फिर मिलना चाहूँगा," मैंने कहा।

पेरिस में हमारा एक टेलीफ़ोन नम्बर है। हम लोग इन जाड़ों में निश्चित रूप से वहाँ पर रहेंगे।"

अपनी जैकेट की अंदर वाली जेब से उसने एक कलम निकाली और रहस्य-रोमांच शृंखला वाली किताब की जिल्द का पहला पन्ना फाड़ा और उस पर अपना नाम और टेलीफ़ोन नम्बर लिख दिया। फिर उसने वह पन्ना तह किया और मुझको दे दिया।

मैं बोगी में चढ़ गया और वे दोनों बोगी के दरवाज़े के सामने ट्रेन खुलने के इंतज़ार में खड़े रहे।

"आपका सफ़र आराम से कटेगा...," वह बोला। "बोगी में कोई नहीं है।"

जिस पल ट्रेन खुली, औरत ने अपना धूप का चश्मा उतारा और मुझे फिर उसकी हल्की नीली आँखें दिखीं।

"आपकी सफलता के लिए शुभकामना" औरत ने मुझसे कहा।

मारसेयी में मैंने अपना बैग टटोला, देखने के लिए कि कहीं मैं अपना पासपोर्ट तो नहीं भूल गया था और तभी एक कमीज़ के कॉलर में मुझे कुछ नोट मिले। मैं हैरान था सोच कर कि यह किसकी कारस्तानी रही होगी...मेरे लिए ये पैसे छोड़ने का ख़याल पुरुष का था या औरत का? शायद इकट्ठे दोनों का ही।

सी*ते वेरों* के अपने फ़्लैट में, किसी का ध्यान आकर्षित किये बग़ैर, चुपके से घुसने के लिए मैंने 14 जुलाई के दिन का फ़ायदा उठाया। मैंने वे सीढ़ियाँ लीं जिनका इस्तेमाल अब नहीं किया जाता, *मूलाँ रूज* के पीछे वाली। तीसरी मंज़िल पर, दरवाज़ा एक स्टोर रूम में खुलता है। *रियो दी जानीरो* की अपनी नक़ली रवानगी से पहले, मैंने इस दरवाज़े की चाभी ले ली थी—एक पुरानी बेकार चाभी, जिसके होने, नहीं होने पर, आन्नेत शक नहीं करेगी—और जानबूझ कर अपने बिस्तर के पास वाली छोटी मेज़ पर उस इकलौती चाभी को भूल आया था जिसे वह पहचानती थी, फ़्लैट के मुख्य दरवाज़े की चाभी। इस तरह, अगर उसने यह अनुमान लगा भी लिया हो कि मैं पेरिस में ही रह गया था, तब भी वह जानती थी कि मैं अपनी चाभी भूल गया था, इसलिए मेरे लिए फ़्लैट में अचानक धमकना बिल्कुल नामुमकिन था।

स्टोर रूम में बत्ती नहीं थी। टटोलते हुए, मुझे दरवाज़े का हत्था मिला जो एक छोटे से कमरे में खुलता है, अगर आन्नेत और मेरे बच्चे होते तब यह कमरा 'बच्चों का कमरा' कहलाता। किताबों से सजा एक गलियारा बड़े कमरे तक पहुँचाता है, जो हमारे लिए बैठक के काम आता है। मैं पंजों के बल चल रहा था, लेकिन मुझे किसी चीज़ का ख़तरा नहीं था। वे सभी वहाँ ऊपर थे, छत पर। मुझे उनकी खुसर-पुसर सुनाई दे रही थी। जीवन चल रहा था, मेरे बिना भी। एक क्षण के लिए, मन ललचाया कि उस पतली सीढ़ी से ऊपर चढ़ूँ, बुनी हुई रस्सी की सीढ़ी जिसे रबर की ट्यूबों से दीवार में ठोंक दिया गया था। मैं छत पर निकल आऊँगा, जो किसी बड़े जहाज़ के सबसे ऊपर वाले हिस्से जैसा लगता है, क्योंकि हम लोग चाहते थे कि आन्नेत और मुझे यह फ़्लैट हमेशा समुद्री यात्रा में होने का भरम करवाता रहे : छोटे गोल झरोखे, गलियारे, रेलिंग... इस तरह से मैं छत पर पहुँच जाऊँगा और मेरा

सामना जिस नज़ारे से होगा उसे मैं कह सकता हूँ : मौत का सन्नाटा। फिर, ताज्जुब से उबरने पर, वे मुझसे सवाल पूछेंगे, मेरी आवभगत करेंगे और उनकी प्रसन्नता आमतौर से ज़्यादा जोशपूर्ण होगी और लौटकर वापस आनेवाले के सम्मान में शैम्पेन के जाम टकराये जायेंगे।

लेकिन मैं पहले पायदान पर ही रुक गया। नहीं, निश्चित तौर पर, मेरा किसी से भी मिलने का मन नहीं था, न बात करने का, न सफ़ाइयाँ देने का, न पुरानी जीवन शैली अपनाने का। मेरा अपने कमरे में जाने का मन किया ताकि मैं गर्मियों के कुछ कपड़े और एक जोड़ी जूते ले लूँ। मैंने हल्के से दरवाज़े का हैंडल घुमाया। यह कमरा अंदर से बंद था। नीचे, कालीन पर, रोशनी की एक लकीर थी। वहाँ एकान्त में कोई था, जबकि जश्न अपने पूरे शबाब पर था। कौन होगा? आन्नेत और कावानो? मेरी विधवा—क्या वह मेरी विधवा नहीं थी, अगर मैं कभी सामने नहीं आने का निर्णय कर लेता तब—क्या इस वक्त वह मेरे सबसे अच्छे मित्र के साथ सुहाग की सेज पर थी?

मैं साथ वाले कमरे में घुसा, जो मेरे लिए ऑफ़िस के काम आता है। दोनों कमरों को जोड़ने वाला कमरा आधा खुला था। मैं आन्नेत की आवाज़ पहचान गया।

"नहीं... मेरी जान... डरो मत... हमारे बीच में ख़लल डालने कोई नहीं आ सकता..."

"तुम पक्का कह सकती हो? कोई भी छत से नीचे उतर कर यहाँ अंदर आ सकता है... ख़ासकर कावानो..."

"बिल्कुल नहीं... कावानो नहीं आयेगा... मैंने दरवाज़े पर ताला लगा दिया..."

आन्नेत के मुँह से निकले पहले शब्दों को सुनते ही, उसके मधुर और ख़याल रखने वाले अंदाज़ से मैंने अनुमान लगा लिया था कि वह कावानो के साथ नहीं थी। उसके बाद, मैंने बेन स्मीडान की दबी सी आवाज़ भी पहचान ली थी, एक नवयुवक जिसे साल की शुरुआत में हमने अन्वेषक क्लब में न्यौता दिया था और जिसके मार्गदर्शक, मैं और कावानो हुआ करते थे, एक

युवक जो प्रशान्त महासागर में टूट गयी नावों की खोज में लगा रहना चाहता था और आन्नेत को जिसका चेहरा यूनानी गड़रिये जैसा लगा था।

~

कमरे में बत्ती बुझ गयी थी और आन्नेत ने भारी आवाज़ में कहा :

"डरो मत, मेरी जान..."

तब मैंने आहिस्ते से दरवाज़ा बंद किया और अपनी काम करने वाली मेज़ पर रखा लैम्प जलाया। मैंने दराज़ों में तब तक छानबीन की जब तक कि मुझे एक पुरानी गाढ़े हरे रंग की चारख़ाने वाली कमीज़ नहीं मिल गयी। मैंने उसे अपनी बग़ल में दबाया और कमरे से निकल गया, प्रेमपाश में बंधे बेन स्मीडान और अपनी विधवा को छोड़ कर।

एक पल के लिए उनकी बातों की खुसफुस सुनने के लिए मैं मूर्त्तवत गलियारे के बीचोबीच खड़ा रहा। मैंने कावानो की कल्पना की, वहाँ ऊपर, रेलिंग के सामने, शैम्पेन का जाम हाथ में उठाये हुए। वह अन्य मेहमानों के साथ *ब्लाँश चौक* को निहार रहा होगा जो मछुआरों के छोटे से घाट की तरह लग रहा था जहाँ उन्होंने अभी-अभी पड़ाव डाला हो। सिवाय इसके कि उसने आन्नेत के इतनी देर तक ग़ायब रहने को भाँप न लिया हो और यह न सोच रहा हो कि मेरी विधवा कहाँ हो सकती थी।

मैंने अपनेआप को देखा, बीस साल पहले, इनग्रीद और रीगो की संगत में, हल्के अंधेरे में, बंगले के सामने। हमारे चारों तरफ़, आवाज़ों और हँसी की खनक ऐसी ही थी जैसी छत से मुझ तक अभी पहुँच रही थी। अब मेरी उम्र लगभग इनग्रीद और रीगो के बराबर ही थी और उनका व्यवहार जो उस वक़्त मुझको इतना अजीब लगता था, वैसा ही मेरा था, आज की शाम। मुझे इनग्रीद की बात याद आ रही थी : "हम मृत होने का ढोंग करेंगे।"

मैं चोर सीढ़ी से उतरा, *मूलाँ रूज* के पीछे, और मैं पुनः उसी चौड़ी सड़क पर था। मैंने *ब्लाँश चौक* पार किया और अपनी छत की तरफ़ सिर

उठाया। वहाँ ऊपर से, 14 जुलाई के पैदल या बसों में आये दर्शनार्थियों से ठसाठस सैलानियों के इस सैलाब में उनका मुझ पर नज़र पड़ने का कोई ख़तरा नहीं था। क्या उन लोगों को मेरा ज़रा सा भी ख़याल होगा, मेरी ज़रा सी भी याद आई होगी? आख़िरकार मैं उन सबको प्यार करता था : मेरी विधवा, कावानो, बेन स्मीडान और बाकी मेहमान। एक दिन, मैं तुम लोगों के बीच वापस आऊँगा। मुझको अभी तक अपने पुनर्जीवित होने की निश्चित तिथि पता नहीं है। ज़रूरी है कि मेरे पास इसके लिए ताक़त और इच्छा हो। लेकिन आज की शाम, मैं *पोर्त्त-द-ओरे* तक के लिए मेट्रो पकडूँगा। हल्केपन का एहसास होगा। अगर हर चीज़ से अनासक्त हो जाऊँ।

मध्यरात्रि में, मेरी वापसी पर, चौक के फव्वारे तब भी जगमग कर रहे थे और काफ़ी भीड़ थी। मैंने गौर किया कि उनमें बच्चों के कुछ झुण्ड, चिड़ियाघर के प्रवेशद्वार की ओर बढ़ रहे थे। 14 जुलाई के अवसर पर यह खुला रहता था, और निस्संदेह जानवर, उनींदे से, अपने दड़बों व बाड़ों में रहते थे। क्यों न मैं भी यह रात्रि भ्रमण करूँ और इस प्रकार उस स्वप्न को, जो गुज़रे ज़माने में हमारा था, उसे साकार कर लेने के भ्रम में रहूँ : रात भर चिड़ियाघर में कैद रहने का सपना।

लेकिन मुझको होटल *दाँद* लौट जाना और अपने कमरे में लकड़ी के पलंग पर लेट जाना बेहतर लगा। मैंने वे पन्ने फिर से पढ़े जो गाढ़ी हरी कमीज़ में थे। कुछ टिप्पणियाँ और यहाँ तक कि कुछ लघु अध्याय जो मैंने दस साल पहले लिखे थे, उस दौर में मेरी एक पसंदीदा परियोजना का आरंभ : इनग्रीद की जीवनी लिखना।

सितम्बर का महीना था, मैं पेरिस में था और पहली बार अपने जीवन व व्यवसाय के बारे में, मेरा मन सशंकित था। आज के बाद से मुझे अपनी बीवी आन्नेत को अपने सबसे प्रिय मित्र, कावानो के साथ साझा करना होगा। पृथ्वी के दूसरे छोर से लाई हमारी डॉक्यूमेंटरी फ़िल्मों को जनता ठुकरा रही थी। इन सारी यात्राओं, मॉनसून वाले देश, भूकम्प, अमीबा वन और उन अनछुये जंगलों ने मेरे लिए अपनी मोहकता खो दी थी। क्या कभी उनमें आकर्षण था भी?

शंका और उदासी के दिन। मेरे पास पाँच हफ़्ते की मोहलत थी, एशिया के एक सिरे से दूसरे सिरे तक ख़ुद को खींच कर ले जाने से पहले, उस मार्ग पर चलते हुए जो पुराने दिनों में *येलो क्रूज़* ने ली थी। इस यात्रा के सदस्यों को मैं कोसता था जिनके टायर के निशान ढूँढने के लिए मैं बाध्य था। कभी

भी पेरिस, *सेन* नदी के घाट और *ब्लाँश* चौक मुझे इतने मोहक नहीं लगे थे। मेरी मूर्खता ही तो थी इन सबको तजना...

इनग्रीद की स्मृति मेरे दिलोदिमाग पर हावी रहती थी, और मैंने अपनी रवानगी से पहले के अनगिनत दिन वह सब लिखने में बिताये थे जो मैं उसके बारे में जानता था, कहने का मतलब है ज़्यादा कुछ नहीं...युद्ध के बाद, पाँच या छः सालों तक, रीगो और इनग्रीद दक्षिण में रहे थे, लेकिन मुझे उस दौर के बारे में कोई जानकारी नहीं थी। फिर इनग्रीद अमरीका चली गयी थी, रीगो के बगैर। वह एक फ़िल्म निर्माता के पीछे वहाँ गयी थी। वहाँ पर, यह फ़िल्म निर्माता कुछ छोटी-मोटी फ़िल्मों में अतिरिक्त सहायक कलाकारों वाली कुछ छोटी भूमिकायें करवाना चाहता था। रीगो उसके पास अमरीका आ गया था, इनग्रीद ने फ़िल्म और निर्माता दोनों को त्याग दिया था। कुछ समय बाद इनग्रीद एक बार रीगो से फिर से अलग हो गयी, रीगो फ्राँस वापस लौट गया था, और फिर कई बरसों तक वह अमरीका में रह गयी थी—उनके इन वर्षों के बारे में मुझे कोई जानकारी नहीं थी। और अब हम उस समय में पहुँच गये हैं जब मेरी उनसे *सैं-राफ़ायेल* के रास्ते में मुलाकात हुई थी।

दस सालों के बाद अपना सारा लिखा हुआ पढ़ने में मुझे एक अप्रिय अनुभूति हुई मानो यह किसी और का लिखा हुआ हो। अध्याय का नाम था "अमरीका में गुज़रे साल"। क्या मैं निश्चित था, पूरी तरह विचार करने के बाद कि उस आदमी का इनग्रीद के होने में इतना महत्त्वपूर्ण स्थान था? समय के साथ, इस घटना ने एक निरर्थक या लगभग हास्यास्पद आवरण ओढ़ लिया था। पर जिस दौरान मैंने ये टिप्पणियाँ लिखी थीं, मैं सल्मा सितारों की तरह अतिरिक्त और दिखावटी चीज़ों के प्रति ज़्यादा संवेदनशील था और सारभूत तथ्यों तक नहीं पहुँचता था। गर्मियों में, रात्रि पहर की, *शाँज़-एलिज़े* की एक रंगीन तस्वीर जो 1951 की एक पत्रिका में छपी थी, उसे काटना मेरी कितनी बचकानी हरकत थी, यह सोच कर कि यह 1951 की वह गर्मियाँ थी, एवेन्यू की कैफ़े के बाहर वाली जगहों में से एक, जब इनग्रीद की पहचान अमरीकी निर्माता से हुई होगी...इस दस्तावेज़ को बेहतर तरीके से मैंने अपनी टिप्पणियों के साथ लगा दिया था, उस परिवेश का संकेत देने के लिए जिसमें इनग्रीद

पच्चीस वर्ष की आयु में जीती रही थी। कैफ़े के बाहर लगी छतरियाँ और बेंत की कुर्सियाँ, समुद्रतटीय शहरों का सा आभास जैसा उस समय *शाँज़-एलिज़े एवेन्यू* का होता था, पेरिस की शामों की नर्मी, जिसका उसके यौवन के साथ इतना अच्छा सामंजस्य था... और यह नाम जो मैंने लिखा था : *आलेक्साँद्र द आर्क,* हॉलीवुड का एक बूढ़ा फ्राँसीसी जिसने उस शाम इनग्रीद का परिचय एक निर्माता से करवाया था क्योंकि वह हर सफ़र पर उसके साथ जाता था और उसका ज़िम्मा था उसकी जान-पहचान उन लोगों से करवाने का जिन्हें उस दौर में युवा कहा जाता था...

एक और दस्तावेज़ जिसे मैंने इनग्रीद की जीवनी के लिए अपरिहार्य माना था, वह मेरी टिप्पणियों में था : अमरीकी निर्माता की एक तस्वीर जो मुझे अपनी खोजबीन के दौरान अचानक मिल गयी थी। यह तस्वीर फ्लोरिडा के एक जुआघर में किसी जश्न की शाम के दौरान ली गयी थी। हॉल के बीच में चबूतरे पर जिम्नास्ट अपने करतब दिखला रहे थे और अचानक इनग्रीद की नज़रों में अपनी महत्ता सिद्ध करने के लिए वह निर्माता मेज़ से उठा, अपनी स्मोकिंग, बो और कमीज़ उतार दी। नंगा सीना, वह प्लेटफार्म पर चढ़ गया था और हतप्रभ जिम्नास्ट के सामने, वह कलाबाज़ी वाले झूले पर झपट पड़ा था। तस्वीर में वह झूले पर लटका हुआ दिख रहा था, फूला सीना, सटका पेट, फैली टाँगें। वह बहुत छोटे कद का था और होंठों के किनारों से लगी पतली मूँछें जो मुझको बचपन की भूली-बिसरी याद ताज़ा करवाती थीं। जकड़े हुए जबड़े, गर्व से फूला सीना और फैली टाँगें...

यह आदमी इस लड़की को, जो उसकी बेटी हो सकती थी, यह साबित करने पर तुला हुआ था कि चिरकाल तक युवा रहा जा सकता है। जब इनग्रीद ने मुझको यह वाक़या सुनाया था, वह मेरे साथ पागलों की तरह हँसी थी, आँखों में आँसू आने की हद तक। मैं सोचता हूँ कि ये आँसू, इस तरह की शामों में जो इतना सारा वक्त गँवाया, उस ख़याल से तो नहीं आ रहे थे।

शाँज़-एलिज़े और निर्माता वाली तस्वीर मैंने महीन टुकड़ों में फाड़ दी जिसको अपने कमरे के कूड़ेदान में फेंकने से पहले मैंने हिला-डुला दिया। मैंने उस पन्ने का भी वही हश्र किया जिस पर इस *आलेक्साँद्र द आर्क* का

ज़िक्र था जिसका छद्म नाम और दलाल का धंधा, दस साल पहले, मुझे इतना अद्‌भुत लगा था कि मैंनै इस ऐरे-गैरे का उल्लेख इनग्रीद की जीवनी में करने के काबिल समझा था। मुझे अजीब सा मलाल हुआ : क्या एक जीवनी लेखक को यह हक है कि वह कुछ विवरणों को मिटा डाले, इस बहाने से कि वह उन्हें निरर्थक समझता है? या कि उन सभी उद्धरणों का अपना महत्त्व है और क्या ज़रूरी नहीं है कि उन सबको एक धागे में पिरोया जाये, किसी एक व्यक्ति को अन्य के मुकाबले तरजीह देने की ख़ुद को इजाज़त दिये बगैर, कुछ इस तरह कि एक भी व्यक्ति या घटना छूटे नहीं, जैसे माल सूची का लेखा-जोखा रखने में किया जाता है?

मगर एक जीवन रेखा, एक बार अपने मुकाम पर पहुँच जाने पर, सभी अनावश्यक और आलंकारिक तत्त्वों को निकाल कर अपना शुद्धिकरण नहीं कर सकती : रिक्तियाँ, नि:शब्दता और ठहराव के बिंदु। ऐसे सारे गंभीर सवाल मेरे दिमाग में घुमड़ते रहे और उन पर चिंतन करते हुए आख़िरकार, मैं सो गया।

~

दूसरे दिन सुबह, *सूल्ट मार्ग* और चौक के कोने पर, एक लड़की और एक लड़का जिनकी उम्र बीस वर्ष से ज़्यादा नहीं रही होगी, मेरी मेज़ के बगल वाली मेज़ पर बैठे थे, वे मुझे देख कर मुस्कुराये। मेरा उनसे बात करने का मन कर रहा था। मेरे ख़याल से उनकी जोड़ी एक दूसरे के साथ बहुत जँच रही थी, लड़के के बाल काले थे, लड़की के सुनहरे। शायद हम लोग भी इस उम्र में ऐसे ही दिखते होंगे, आन्नेत और मैं। उनकी उपस्थिति मुझे सुकून पहुँचा रही थी और उन्होंने अपनी तरलता और तेजस्विता में से कुछ का संचार मुझ तक कर दिया था क्योंकि सारा दिन मेरा मन ख़ुश रहा।

इस लड़के और लड़की ने मुझको, *सैं-राफ़ायेल* के रास्ते में इनग्रीद और रीगो से मेरी पहली मुलाकात याद करवा दी। मैं हैरान होता था कि उन्होंने गाड़ी क्यों रोकी थी और इतनी सहजता से मुझे अपने यहाँ ले गये थे। किसी को भी लगता कि वे मुझे हमेशा से जानते थे। सचमुच, ट्रेन में सारी रात मैंने आँखों

में काटी थी और थकान से ऐसा एहसास हो रहा था कि ज़िन्दगी में सब कुछ संभव था और कहीं कोई कड़वाहट नहीं थी : अपने आप को हल्के ढलान पर फिसलने के लिए छोड़ देना काफ़ी था, हाथ उठा कर इशारा भर करना था ताकि एक गाड़ी रुक जाये और बिना कोई भी सवाल पूछे कोई आपकी मदद कर दे। चीड़ के पेड़ों के नीचे आपको नींद आ जाये और जागने पर दो हल्की नीली आँखें आप पर टिकी हुई हों। मैं *सीतादेल* मार्ग पर नीचे उतर रहा था इनग्रीद की बाँह पकड़े, इस आश्वस्ति के साथ कि जीवन में पहली बार मैं किसी की छत्रछाया में था।

लेकिन रीगो का लंगड़ा के चलना, भरसक कम से कम, जैसे कि वह कोई घाव छुपाना चाह रहा हो, मैं उसे भूल नहीं पाया था, न ही अंधेरे में इनग्रीद की दबी आवाज़ में कही गयी बात : हम मृत होने का ढोंग करेंगे। पहले से ही, उन लोगों को ऐसा महसूस होने लगा था, दोनों को ही, कि दौड़ का अंतिम पड़ाव है। संभवतः मेरी उपस्थिति उनके लिए एक क्षणिक मनबहलाव और दिलासा का बहाना रही होगी। क्षणांश के लिए शायद मैंने उनके मन में उनके यौवन की स्मृतियाँ जगा दी थीं। दरअसल वे एक–दूसरे से जब *कोत-द-आज़्यूर* में मिले थे, तब मेरी उम्र के थे। वे अनाथ थे और अपनी मर्ज़ी के मालिक। मेरे माता–पिता जीवित थे कि नहीं, यह जानने की चाह इनग्रीद को बेशक इसी वजह से रही होगी।

इस शाम को, *होटल* दॉद में, मुझे अपने संस्मरणों को पढ़ने की ज़रूरत नहीं थी। मुझको सब कुछ ऐसे याद है जैसे कल की बात हो... वे 1942 के वसंत में *कोत-द-आज़्यूर* पहुँचे थे। वह सोलह वर्ष की थी और रीगो इक्कीस वर्ष का। मेरी तरह, वे *सैं-राफ़ायेल* स्टेशन पर नहीं, बल्कि *ज्यूआँ-ले-पैं* स्टेशन पर उतरे थे। वे पेरिस से आ रहे थे और उन्होंने चोरी-छिपे सीमा रेखा लाँघी थी। इनग्रीद ने टेरसेन इनग्रीद, श्रीमती रीगो के नाम से एक नकली पहचानपत्र रखा हुआ था जिसके अनुसार उसकी उम्र तीन वर्ष ज़्यादा थी। रीगो ने अपनी जैकेट के अस्तर में और सूटकेस की तली में अनगिनत सैकड़ों-हज़ारों फ्रैंक छुपा रखे थे।

उस रोज़ सुबह *ज्यूआँ-ले-पैं* स्टेशन पर वे इकलौते मुसाफ़िर थे। एक ताँगा स्टेशन के सामने इंतज़ार कर रहा था, सफ़ेद घोड़े से बंधा हुआ एक काले रंग का ताँगा। साथ में कई सूटकेसों की वजह से उन्होंने ताँगा लेना तय किया था। घोड़ा तेज़ चल रहा था और वे चीड़ के पेड़ों वाले सुनसान सार्वजनिक उद्यान के साथ वाले रास्ते से जा रहे थे। गाड़ीवान ने अपना सिर दाहिनी तरफ़ झुका रखा था। पीछे से, किसी को भी लगता कि वह सो गया था। काप वाले रास्ते से मुड़ने पर, सागर दिखने लगा। ताँगा एक ढलान वाले कच्चे रास्ते पर मुड़ गया। गाड़ीवान ने अपना चाबुक ठोंका और घोड़ा धीरे-धीरे दौड़ते हुए ऊपर चढ़ गया। फिर वह, झटके के साथ, होटल *प्रोवॉन्साल,* जो एक विशालकाय सफ़ेद ढेर सा दिख रहा था उसके नीचे रुका।

"उन्हें यह समझाना होगा कि हम लोग हनीमून पर हैं," रीगो ने कहा था।

होटल की सिर्फ़ एक ही मंज़िल खुली रहती थी और जो गिने-चुने लोग थे, लगता था कि वे चोरी-छिपे वहाँ पर रहते थे। वहाँ तक पहुँचने से पहले, लिफ़्ट धीरे-धीरे अंधेरे और ख़ामोशी में डूबी वे मंज़िलें पार करती रही जिन पर वह अब कभी नहीं रुकती थी। वह शख़्स जो सीढ़ियाँ लेता होगा, उसके लिए एक बिजली की लैम्प ज़रूरी थी। बड़ा भोजन कक्ष बंद रहता था, उसकी समृद्धि एक उजली चादर में लिपटी हई थी। शराबख़ाना भी चालू नहीं था। इसलिए लोग हॉल के एक कोने में जमा होते थे।

उनके कमरे की खिड़की जो होटल के पीछे वाले हिस्से में थी, वहाँ से एक सड़क दिखती थी जो हल्की ढलान से होते हुए नीचे समुद्रतट तक जाती थी। उनकी बाल्कनी से चीड़ की वृक्षवाटिका पूरी तरह दिखती थी और अक्सर वे ताँगे को काप वाले रास्ते के मोड़ पर जाते हुए देखते थे। संध्या की नीरवता इतनी गहन होती थी कि सड़क पर टापों की आवाज़ बहुत देर तक हवा में बरक़रार रहती थी। इनग्रीद और रीगो के लिए यह खेल हो गया था कि दोनों में से जिसे आख़िरी टाप सुनाई पड़ेगी मतलब उसके कान ज़्यादा तेज़ हैं।

~

ज्यूआँ-ले-पैं में लोगों का जीवन ऐसे बीत रहा था मानो जंग जैसी कोई स्थिति थी ही नहीं। पुरुष पतलून पहनते थे और महिलायें हल्के रंग के पारेओ (एक किस्म का सारोंग)। इन सब लोगों की आयु इनग्रीद और रीगो से लगभग बीस वर्ष अधिक रही होगी लेकिन इसकी तरफ़ शायद ही किसी का ध्यान जाता होगा। धूप में झुलसी त्वचा और फुर्तीलेपन की बदौलत वे अपनी युवा छवि और ओढ़ी हुई बेफ़िक्री बरकरार रखते थे। उन्हें नहीं पता था कि ग्रीष्म ऋतु का अंत होने पर चीज़ें क्या रुख़ अख़्तियार करेंगी। शाम के नाश्ते के वक्त वे आपस में अपना अता-पता बदलते थे। क्या इस बार, जाड़ों में, *मजेव* में कमरे मिल जायेंगे? कुछ लोगों को *वाल-द-इज़ेर* ज़्यादा अच्छा लगता था और वे अभी से ही *वाल-द-इज़ेर* में कमरे भाड़े पर लेने की तैयारी कर रहे थे। बाकी लोगों का *कोत-द-आज़्यूर* छोड़ के जाने का कोई इरादा नहीं था। शायद *सैं-त्रोपेज़* का *आल्तीत्यूद* 43 फिर से खुलने जा रहा था, वह सफ़ेद

होटल जो समुद्र के *बूइयाबेस* तट से ऊपर की ओर लगे चीड़ के पेड़ों से टकराये हुए पोत की तरह लगता था। वहाँ पर, उन्हें शरण मिल जाएगी। एक क्षणिक सन्ताप, धूप में झुलसे इन चेहरों के पीछे पढ़ा जा सकता था—कहना होगा कि ऐसी जगह जिसे युद्ध ने बख़्श दिया हो उसकी अंतहीन तलाश में लगातार भटकना पड़ता था और ऐसे मरुस्थल दिन-ब-दिन दुर्लभ होते जा रहे थे...क्षेत्र में राशन से अनाज बँटना शुरू हो रहा था। हौसला न टूटे इसलिए किसी बात की फ़िक्र नहीं करनी है। ऐसे अलसाये दिन कई बार आपको नज़रबन्द घरों में होने का एहसास करवाते थे। अपने दिमाग को विचार शून्य रखना पड़ता था। धूप और मंद हवा में झूमते ताड़ के पेड़ों की छाँव में अपने आप को सुन्न हो जाने देना था... आँखें मूँद लेनी थीं। इनग्रीद और रीगो उन्हीं लोगों के लय में जी रहे थे जो युद्ध को भूले बैठे थे लेकिन वे एक दूरी बनाये रहते थे और उनके साथ बातचीत करने से कतराते थे। शुरुआत में, लोगों को उनके युवा होने की वजह से अचरज होता था। क्या वे अपने माता-पिता का इंतज़ार कर रहे थे? क्या वे छुट्टियाँ बिता रहे थे? रीगो ने सीधा सा जवाब दिया था कि इनग्रीद और वह 'हनीमून' पर थे। और इस जवाब ने *प्रोवॉन्साल* के असामियों को आश्वस्त किया था, चकित करना तो दूर की बात थी। अगर युवा पीढ़ी अभी भी 'हनीमून' के लिए जाती है, इसका मतलब है कि स्थिति उतनी त्रासद नहीं थी और धरती का गोल चक्कर लगाना बदस्तूर कायम है।

सुबह, दोनों ही उतर कर समुद्र के किनारे तक चले जाते थे जिसका फैलाव चीड़ के उपवन के नीचे था, जुआघर और *काप* वाले रास्ते की शुरुआत पर। होटल का निजी तट, उसके परगोला और स्नान कक्ष उतने भरे हुए नहीं होते थे जैसे 'अमन के दौर में', *प्रोवॉन्साल* के गार्ड के शब्दों में कहें तब। ग्राहकों के इस्तमाल के लिए कुछ कुर्सियाँ और कुछ छतरियाँ रह गयी थीं। लेकिन स्नान कक्षों को युद्ध के खत्म होने तक उपयोग में लाने की मनाही थी। नवागंतुक इस ऊहापोह में रहते थे कि इस तट पर आकर उन्होंने कहीं किसी कानून का उल्लंघन तो नहीं कर दिया। धूप सेंकने में भी उन्हें थोड़ा संकोच होता था। शुरुआती दिनों में, रीगो इनग्रीद को ढाढ़स बंधाता रहता था, जो हर पल इस बात से डरी रहती थी कि कोई उनसे पूछ न बैठे कि वे यहाँ पर क्या कर रहे थे क्योंकि वह अभी भी अपने जोख़िम भरे जीवन के नतीजों से बुरी तरह प्रभावित थी, वह जीवन जो

उसने पेरिस में जिया था। *ज्युआँ-ले-पैं* की एक दुकान से रीगो ने उसके लिए एक हल्के हरे रंग का स्वीमिंग सूट और एक पारेओ भी खरीद दिया था जैसा बाकी औरतें पहनती थीं। वे एक पटरे पर लेटे रहते थे और जैसे ही धूप उनकी देह सुखा देती थी, वे फिर से सागर में डुबकी लगा लेते थे। वे तैरते हुए गहरे समुद्र तक चले जाते थे फिर किनारे की तरफ़ वापस आते थे, संग-संग पीठ के बल तैर कर। दोपहर की शुरुआत में, जब गर्मी बहुत भीषण होती थी, वे सुनसान रास्तों को पार करते थे और चीड़ और ताड़ के पेड़ों की झालर वाली सड़क पर जाते थे जो *प्रोवॉन्साल* के प्रवेश तक जाती थी। अक्सर रिसेप्शनिस्ट, रिसेप्शन पर से गायब रहता था। परन्तु रीगो अपनी चाभी अपने गाऊन की जेब में रखता था। और फिर वही लिफ्ट की धीमी गति में ऊपर जाना, अंधेरे में डूबी मंज़िलों को पार करते, ख़ामोश और अंतहीन गलियारे और कमरे, इन अनुमानों के साथ कि उनमें निस्संदेह पलंग के सिवाय कुछ नहीं होगा। जैसे-जैसे लिफ्ट ऊपर जाती थी, हवा कुछ हल्की होती थी, धूमिल रोशनी उन्हें ताज़ेपन में लपेट लेती थी। पाँचवीं मंज़िल पर, बड़ी लोहे की ग्रिल वाला दरवाज़ा उनके निकलने पर धड़ से बन्द होता था और फिर कोई भी चीज़ वहाँ के सन्नाटे को भंग नहीं करती थी।

अपने छज्जे से वे चीड़ वाले उपवन को निहारते थे, जिसके किनारे पर, गहरी हरियाली के नीचे, सफ़ेद जुआघर साफ़ दिखता था। और होटल की चाहरदीवारी के साथ-साथ, ढलान वाली सड़क भी जिस पर से कोई नहीं गुज़रता था। फिर वे कमरे का परदा नीचे कर लेते थे—हल्के हरे रंग का परदा—ठीक उसी रंग का जिस रंग का इनग्रीद का स्वीमिंग सूट था।

~

शाम को वे चीड़ के उपवन के किनारे से होते हुए *ज्युआँ-ले-पैं* के एक रेस्तराँ में खाने के लिए जाते थे जहाँ पर बंदिशें नहीं थीं। वहाँ पर *कान्न* और *नीस* से लोग आते थे। शुरू में इनग्रीद को वहाँ पर अच्छा नहीं लगता था।

रोज़ाना के ग्राहक, लोगों को सलाम करते हुए, एक मेज़ से दूसरी मेज़ तक विचरते रहते थे, पुरुष बेपरवाही से स्वेटर को गले में, या कंधे के गिर्द

बाँधे रहते थे, औरतें अपनी धूप में झुलसी पीठ का प्रदर्शन करती रहती थीं और अपने बालों को दुपट्टे में लपेटे रहती थीं। अंग्रेज़ी में कुछ वार्त्तालाप सुनाई पड़ते रहते थे। युद्ध इतनी दूर था... रेस्तराँ का हॉल, जुआघर के पड़ोस वाली इमारत के एक खंड में था, और इसकी मेज़ें फुटपाथ तक फैल जाती थीं। लोग कहते थे कि इसकी मालकिन—अमुक *माद्‌म्वाज़ेल कोत्तीयों*—का अदालत के साथ कुछ झंझट चला था लेकिन आज के समय में उसे 'संरक्षण' का सुख प्राप्त था। वह बहुत भली थी और *ज्युआँ-ले-पैं* में *बूरबों* की राजकुमारी के नाम से जानी जाती थी।

~

वे होटल में वापस लौट जाते थे और अमावस वाली अंधेरी रातों में, फ़िक्र उन दोनों पर हावी हो जाता था। न कोई लालटेन, न कोई रौशन खिड़की। *बूरबों* की राजकुमारी का रेस्तराँ अभी तक जगमग करता रहता था, गोया वह आख़िरी शख़्स थी जो कर्फ़्यू की उपेक्षा करने की ज़ुर्रत कर सकती थी। लेकिन कुछ ही कदमों पर यह रोशनी गायब हो जाती थी और वे अंधेरे में चलते रहते थे। बातचीत का कलरव हल्का पड़ने लगता था। मेज़ों के इर्द-गिर्द ये लोग जिनकी उपस्थिति उन्हें आश्वस्त करती थी, और जिन्हें वे दिन में समुद्र के किनारों पर देखते थे, अब उनको अवास्तविक लगते थे : अतिरिक्त कलाकार जो किसी नाटक मंडली के सदस्य हों, जिसे युद्ध ने *ज्युआँ-ले-पैं* में बंद कर रखा हो और जिन्हें ज़बरदस्ती समुद्रतट पर और *बूरबों* की छद्म राजकुमारी के रेस्तराँ में गर्मी के छद्म सैलानियों की भूमिका अदा करनी पड़ रही थी। *प्रोवॉन्साल* भी अंधेरों की तह में गत्ते के एक भीमकाय सजावटी सामान की तरह था, जिसके सफ़ेद अम्बार का अन्दाज़ा भर लगाया जा सकता था।

और हर बार जब वे इस अंधेरे चीड़ वाले उपवन को पार करते थे, इनग्रीद आँसुओं के सैलाब में हिचकोले खाने लगती थी।

~

फिर वे हॉल में प्रवेश करते थे। फ़ानूस की झिलमिल रोशनी से उनकी आँखें मिचमिचाने लगती थीं। चौकीदार वर्दी में रिसेप्शन के पीछे तन कर खड़ा रहता था। वह मुस्कुराता था और उन्हें उनके कमरे की चाभी थमा देता था। चीज़ों को फिर से थोड़ी अनुकूलता और वास्तविकता मिल जाती थी। वे अपनेआप को होटल के असली हॉल में, असली दीवारों और वर्दी में एक असली चौकीदार की संगत में पाते थे। उसके बाद वे लिफ़्ट में चढ़ते थे। और फिर से संदेह और आशंका उन्हें सिहरा देती थी जब वे पाँचवीं मंज़िल पर जाने के लिए बटन को दबाते समय अन्य मंज़िलों के बटन पर चिपकायी हुई पट्टी देखते थे जिससे यह ज़ाहिर होता था कि वे मंज़िलें निषिद्ध हैं।

अंधकार में अपने मंथर आरोहण के अंतिम चरण पर, वे एक तल पर और एक गलियारे में पहुँच जाते थे जहाँ कुछ बल्ब थोड़ी सी रोशनी बिखेरते थे। जीवन ऐसे ही चल रहा था। रोशनी से अँधियारे में और अँधियारे से रोशनी में उनका आना-जाना लगा रहता था। ऐसी दुनिया का अभ्यस्त हो जाना ज़रूरी था जहाँ किसी भी चीज़ का, पलक झपकते ही ठिकाना न रहने का अंदेशा था।

~

सवेरे जब वे परदा हटाते थे तब कमरा एक चटकीली रोशनी में सराबोर हो जाता था। यह बिल्कुल पुराने समय की गर्मियों जैसा था। चीज़ों का गहरा हरा रंग, नीला आकाश, समुद्र के किनारे तक उतरती *सारामार्तेल एवेन्यू* के यूक्लिप्टस और कनेर की सुगंध... गर्मी से होते धुँधलके में *प्रोवॉन्साल* का उजला विशाल सामने का हिस्सा कुछ इस तरह खड़ा था कि स्नान के बाद लेटे हुए अगर आप किनारे से उसे निहारें, तो ऐसा लगता था जैसे यह हवेली चिरकाल तक आपकी हिफ़ाज़त करती रहेगी।

इन नज़ारों पर पानी फेरने के लिए एक बेहद छोटा सा वाक़या काफ़ी हो सकता था, वह आँख का काँटा जिस पर रीगो का ध्यान पहली बार तब गया था जब तीसरे पहर में चीड़ के उपवन की पगडंडियों में से एक बेंच पर, उसे बैठे हुए देखा था। वे, वह और इनग्रीद, एक लम्बी सैर के बाद

लीतोराल मार्ग से वापस आ रहे थे। शहरी पोशाक में यह आदमी, बेंच पर बैठा अख़बार पढ़ रहा था। और उसके गहरे रंग के सूट के साथ बेमेल उसका मलाई जैसा दूधिया गोरा रंग, जैसे कोई कभी भी धूप में न निकला हो कुछ वैसा।

दूसरे दिन सुबह, दोनों ही लकड़ी की पुलिया पर लेटे हुए थे। और रीगो को यह आँख का काँटा फिर से दिख गया, वह समुद्र के किनारे तक आने वाली सीढ़ियों के बगल में चबूतरे के जंगले पर कुहनी टिकाये खड़ा था। वह आदमी धूप सेंकते कुछ लोगों को आँखें गड़ाये देख रहा था। रीगो अकेला था जो उसे देख पा रहा था क्योंकि बाकी लोगों की उसकी तरफ़ पीठ थी। एक क्षण के लिए उसके मन में आया कि वह इनग्रीद को दिखाये लेकिन फिर उसने अपना विचार बदल दिया था। वह इनग्रीद को समुद्र तक खींच लाया था, वे तैरते हुए आम तौर से और ज़्यादा आगे दूर तक चले गये थे और फिर पीठ के बल तैरते हुए लौट कर पुलिया तक आये। इनग्रीद को समुद्रतट पर रहना ज़्यादा पसन्द था क्योंकि पुलिया की लकड़ी तपी हुई रहती थी। रीगो उसके लिए केबिन के गलियारे में रखी निवाड़ से बुनी आरामकुर्सी लाने गया था। हल्के हरे रंग के स्वीमिंग सूट में पानी के किनारे खड़ी इनग्रीद के पास वह वापस आ रहा था, और उसने सिर उठा कर जंगले की तरफ़ देखा था। इस बार, वह आदमी सिगरेट होंठों में भींचे हुए इनग्रीद को घूरता हुआ लग रहा था। धूप के बावजूद, उसका चेहरा अभी भी, दूध जैसा उजला था। और उसके गहरे रंग का सूट, तट के उजले केबिन और गलियारों के साथ और विरोधाभास पैदा कर रहा था। रीगो का ध्यान एक बार और उस पर गया था, नाश्ते के समय, वह हॉल के कोने में बैठा था और उसकी नज़रें लिफ्ट से निकलते लोगों पर टिकी हुई थीं।

~

उस समय तक, रीगो ने उसके चेहरे के नैन-नक्श पर गौर नहीं किया था। यह वही शाम थी, *बूरबों* की राजकुमारी के रेस्तराँ में, जब उसके पास पूरा मौका था यह करने का। यह आदमी कमरे के कोने में उनके बगल वाली मेज़ पर

बैठा था। दुबला हड्डीदार चेहरा। लाल छाँह लिये सुनहरे बाल, पीछे को काढ़े हुए। गालों की हड्डियों पर उसकी मलाईदार त्वचा फुंसीदार लग रही थी। उसने अपना शहरी लिबास पहना हुआ था और वह उन मेज़ों पर बैठे लोगों पर एक चौकस नज़र डाल रहा था जो इस रेस्तराँ में आने वाले रोज़मर्रा के ग्राहक थे। किसी को भी लग सकता था कि वह उनकी गिनती करना चाह रहा था। उसकी नज़र इनग्रीद और रीगो पर आकर ठहर गयी।

"आप लोग छुट्टियाँ मना रहे हैं?"

उसने अपनी भारी गूँज वाली आवाज़ को थोड़ी मधुर करने की कोशिश की थी मानो वह उनसे उनका कोई शर्मनाक राज़ कबूल करवाने वाला था। इनग्रीद ने उसकी ओर गर्दन घुमायी।

"नहीं," रीगो ने कहा। "दरअसल हम लोग हनीमून मना रहे हैं।

"हनीमून?"

सिर हिला कर, उसने उन्हें दाद देने का इज़हार किया। फिर उसने अपने जैकेट की जेब से एक सिगरेट होल्डर निकाला, उसमें एक *कापोराल* घुसाया—पैकेट मेज़ पर पड़ा था—, उसे जलाया और लम्बा कश खींचा, जिससे उसके गाल सटक गये।

"आप ख़ुशकिस्मत हैं जो हनीमून मना रहे हैं..."

"ख़ुशकिस्मत? आपको सच में लगता है?"

अपने गुस्ताख़ी भरे अंदाज़ में जवाब देने पर रीगो पछताया। उसने इस आदमी को एकटक देखा, फटी आँखों से, ताज्जुब का ढोंग करते हुए।

"इन हालात में, आपकी उम्र के कम ही लोग हनीमून पर जाने की सोचते हैं..."

फिर से वही मधुर लहज़ा। इनग्रीद चुप रही। रीगो को लगा कि वह परेशान थी और रेस्तराँ छोड़ कर जाना चाह रही होगी।

"आप यह वाली सिगरेट बर्दाश्त कर लेते हैं?" रीगो ने मेज़ पर रखे

कापोराल के पैकेट को इंगित करते हुए उस आदमी से पूछा।

रीगो को चक्कर सा आया। उसकी गिरफ़्त से बचने के लिए बहुत देर हो चुकी थी। वह आदमी, आँखें सिकोड़े, रीगो को भाँप रहा था। रीगो ने ख़ुद को उससे कहते सुना :

''इससे आपको गले में तकलीफ़ नहीं होती? मेरे पास अंग्रेज़ी सिगरेट हैं, अगर आपको चाहिए।''

और रीगो ने उसकी तरफ़ *क्रावाँ* का एक पैकेट बढ़ाया।

''मैं अंग्रेज़ी सिगरेट नहीं पीता,'' टेढ़ी मुस्कान के साथ वह आदमी बोला। ''मेरी औकात नहीं है कि ये सिगरेट मैं खरीद सकूँ।''

फिर वह व्यंजनों की सूची देखने लगा, और इस क्षण के बाद, उसने जताया मानो वह रीगो और इनग्रीद को अनदेखा कर रहा हो। उसकी नज़रें तमाम मेज़ों पर दौड़ती रहीं, मानो वह हर उपस्थित व्यक्ति का चेहरा अपनी स्मृति में गढ़ लेना चाह रहा हो जिसे बाद में लिपिबद्ध कर सके।

~

होटल लौटने पर, रीगो अपनी भड़का देने वाली बचकानी हरकत पर पछताया। *क्रावाँ* का खाली पैकेट, उसे पलंग के पास वाली छोटी मेज़ की दराज़ में मिला था। जिसे कोई ग्राहक युद्ध से पहले के ख़ुशहाल दिनों में भूल गया था। इनग्रीद और वह, दोनों बाल्कनी पर कुहनी टिकाये खड़े थे। नीचे, गिरजाघर की छत और चीड़ों की छतरी चाँदनी में अलग से नज़र आ रही थी। *बूरबों* की राजकुमारी के रेस्तराँ के छज्जे को झुरमुटों ने छिपा रखा था।

''कौन हो सकता है, यह शख़्स?'' इनग्रीद ने पूछा।

''मुझे नहीं मालूम।''

यदि वह अकेला होता, तब इस आदमी की उपस्थिति उसके ज़ेहन में कोई चिंता नहीं पैदा करती। उसे कभी किसी चीज़ का ख़ौफ़ नहीं हुआ

था, युद्ध के शुरू होने से लेकर अब तक, लेकिन वह इनग्रीद के लिए डर रहा था।

~

अक्सर, यह आँख का काँटा—जैसा कि रीगो उसे पुकारता था—नज़र नहीं आता था। किसी को भी विश्वास हो सकता था कि *ज्युआँ-ले-पैं* की धूप ने उसे हमेशा के लिए पिघला दिया होगा। बदकिस्मती से, वह वहाँ पर फिर से हाज़िर हो जाता था जहाँ उसकी उम्मीद न की जा रही हो। स्नान के वक्त, समुद्र किनारे वाले जंगले पर। *काप मार्ग* के फुटपाथ पर। जुआघर के छज्जे पर। एक दिन शाम को जब रीगो इनग्रीद को कमरे से लेकर आने के लिए लिफ़्ट में जाने ही वाला था कि उसे अपने पीछे भारी खनकती आवाज़ सुनाई पड़ी :

"आपका हनीमून अभी भी चल रहा है?"

वह मुड़ा। वह आदमी उसके सामने था और प्यार भरी नज़रों से उसे देख रहा था।

"जी। अभी तक हनीमून पर हूँ।"

उसने जवाब भरसक उदासीनता से दिया। इनग्रीद की वजह से।

~

एक बार रात में, करीब तीन बजे उसकी नींद टूट गयी और घुटन भरी गर्मी के कारण उसने खिड़की खोल दी थी। इनग्रीद सो रही थी और उसने चादर मोड़ कर पलंग के पायताने में रख दी थी। चाँदनी की किरण में उसका कंधा और कूल्हे की गोलाई चमक रही थी। रीगो को घबराहट महसूस हो रही थी और उसे नींद नहीं आ रही थी। वह उठा और पंजे के बल कमरे से निकल गया, इस कोशिश में कि एक सिगरेट का पैकेट मिल जाये। गलियारों में लगी बत्ती की रोशनी सामान्य से ज़्यादा मद्धिम थी। लिफ़्ट की बत्ती बुझी हुई थी, लेकिन नीचे, फ़ानूस ख़ूब तेज़ चमक रहा था।

वह हॉल को पार करने ही वाला था कि रिसेप्शन डेस्क के पीछे उसने आँख के काँटे को देखा। वह आदमी अकेला था, एक पूरे खुले हुए रजिस्टर के ऊपर झुका हुआ, और वह कुछ लिखता जा रहा था। उसे रीगो की उपस्थिति का भान नहीं हुआ था और रीगो के पास अभी भी वक्त था उल्टे पैरों वापस ऊपर अपने कमरे में चले जाने का। लेकिन उस दिन की शाम की तरह, जब वह *बूरबों* की राजकुमारी के रेस्तराँ में था, उसे चक्कर सा आया। वह धीमे कदमों से रिसेप्शन डेस्क की तरफ़ चलता गया। वह आदमी अभी भी अपने काम में डूबा हुआ था। उसके सामने पहुँच कर, रीगो ने अपने दोनों हाथ अच्छी तरह फैला कर संगमरमर के पटल पर रख दिये। तब उसने सिर उठाया और एक ओढ़ी हुई मुस्कान बिखेरी।

"मैं एक सिगरेट का पैकेट ढूँढने आया था," रीगो ने कहा।

"मेरे ख़याल से, *क्रावाँ*?"

उसी शाम के जैसा माधुर्य था।

"पर मैं आपके काम में बाधा डाल रहा हूँ। मैं फिर आ जाऊँगा।"

रीगो बेबाकी से उस नोटबुक पर झुका, जिसमें वह आदमी कुछ लिख रहा था : नामों की सूची थी जो उसने नकल की थी, होटल के रजिस्टर में दर्ज ग्राहकों के नाम। उस आदमी ने रुखाई से रजिस्टर बंद कर दिया।

"*क्रावाँ* न मिले तब तो आप यह वाला एक ले ही लेंगे..."

उसने उसकी तरफ़ अपना *कापोराल* का पैकेट बढ़ाया।

"नहीं, शुक्रिया।"

रीगो ने नम्र स्वर में उससे यह कहा था। अपने सामने खुले हुए होटल के बड़े रजिस्टर से वह नज़रें नहीं हटा रहा था।

"आप कुछ लिख रहे थे?"

"मैं कुछ सूचनायें इकट्ठी कर रहा था। देखिये मैं काम पर हूँ, और आप, आप हनीमून मना रहे हैं..."

उस शाम की तरह, उसने रीगो को स्नेहसिक्त नज़रों से देखा। और मुस्कराने पर उसका एक सोना मढ़ा दाँत दिख गया।

रीगो ने सिर झुका लिया था। उसे सिलवटदार सूट एक गहरे धब्बे की तरह दिख रहा था। भूरी कमीज़ के ग़िरेबान से एक काली टाई लटक रही थी, बहुत छोटी सी। उस आदमी ने एक सिगरेट जला ली थी। राख उसकी जैकेट की मुड़ी आस्तीन पर जमा हो रही थी। एकदम से अजीब सी गंध आई—तम्बाकू, पसीना और फूल के इत्र की मिली-जुली गंध।

''मैं सचमुच शर्मिन्दा हूँ कि मैं हनीमून पर हूँ,'' रीगो ने कहा, ''पर ऐसा ही है...और इसका कोई विकल्प नहीं हो सकता है...''

फिर वह पलट कर हाल को पार करते हुए लिफ्ट की दिशा में गया। जब वह लिफ़्ट की लोहे की जाली के सामने पहुँच गया, उसने उस आदमी को, वहाँ पर ध्यान से देखा, रिसेप्शन डेस्क के पीछे। वह आदमी भी रीगो को घूर रहा था। रीगो भी एकटक उससे आँखें मिलाये रहा, आख़िरकार उसने दोबारा अपना काम शुरू किया, और काम में ज़्यादा सहजता से शामिल होने की कोशिश की। वह होटल के रजिस्टर के पन्ने पलटता रहा और समय-समय पर, अपनी नोटबुक में कुछ लिखता रहा—निस्संदेह, उन ग्राहकों के नाम जो उससे छूट गये थे।

~

कमरे में, इनग्रीद अभी भी सो रही थी। रीगो पलंग के पायताने बैठ गया और उसके चिकने और बालसुलभ चेहरे को निहारता रहा। वह जानता था कि उसे अब फिर से नींद नहीं आएगी।

वह आकर बाल्कनी के किनारे से टिक कर खड़ा हो गया। वहाँ से अभी भी वह इनग्रीद पर नज़र रख पा रहा था। इनग्रीद का बायाँ गाल उसकी फैली हुई बाँह पर टिका हुआ था। उसका हाथ हवा में झूल रहा था। उसको घोड़ों की टापों की आवाज़ें सुनाई दीं जो किसी ताँगे के गुज़रने का ऐलान कर रही थीं, उसने मन में सोचा कि कहीं वह किसी भ्रम का शिकार तो नहीं

हो गया था। इतनी देर रात, यह ताँगा क्यों? वह शोर करीब आता गया और वह बाल्कनी पर इस उम्मीद में झुका रहा कि उसे सफ़ेद घोड़े दिख जायें। लेकिन चीड़ के पेड़ों के एक झुरमुट ने *काप* मार्ग के मोड़ को छुपा रखा था।

घोड़े की टापों की आवाज़ दूर होती जा रही थी और वह इनग्रीद के साथ वह खेल नहीं खेल सकता था कि कौन होगा जिसे अंतिम टाप सुनाई पड़ेगी। उसने आँखें बन्द कर लीं। अब, सड़क पर, वहाँ से, टाप लगभग नहीं के बराबर सुनाई दे रही थीं। कुछ देर में वे बिल्कुल बंद हो जाएँगी और फिर कोई भी इस निस्तब्धता को भंग नहीं कर पायेगा। कल्पना में उसने ताँगे में इनग्रीद के बगल में ख़ुद को इस सड़क पर जाते हुए देखा। वह गाड़ीवान की तरफ़ झुका हुआ था और उससे पूछ रहा था कि इस सफ़र का मकसद क्या था, पर गाड़ीवान सो चुका था। इनग्रीद भी। उसका सिर रीगो के कंधे पर डोल रहा था और वह उसकी साँसों को अपनी गर्दन पर महसूस कर रहा था। सफ़ेद घोड़े और उसके अलावा कोई जागा हुआ नहीं था। उसे चिंता सोने नहीं दे रही थी। परन्तु सफ़ेद घोड़ा? यदि वह सड़क के बीचोंबीच इस भरी रात में अचानक रुक जाये तब?

~

दूसरे दिन सुबह, वे पुलिया पर धूप सेंक रहे थे, और थोड़ी-थोड़ी देर पर, रीगो उस जंगले की तरफ़ सिर उठा कर देख रहा था जहाँ से समुद्र का किनारा अच्छी तरह दिखता था, इस बात की पुष्टि करने के लिए कि वह आँख का काँटा तो वहाँ पर नहीं था। लेकिन नहीं। वह अंतर्ध्यान हो चुका था। पर कितने समय के लिए? *ज्युआँ-ले-पैं* पर किस जगह, किस पल वह पुनः प्रकट हो जाये?

इनग्रीद कमरे में अपनी बड़ी वाली टोपी भूल आयी थी जो उसे धूप से बचाती थी।

"मैं टोपी लेकर आता हूँ," रीगो ने कहा।

"बिल्कुल नहीं। यहीं रहो।"

"नहीं, मैं लेकर आता हूँ।"

थोड़ी देर के लिए तट से हटने का यह एक बहाना था बगैर इनग्रीद के मन में फ़िक्र जगाये हुए। वह पक्का करना चाहता था कि वह आदमी कहीं आसपास तो नहीं खड़ा था। अगर वह उसका पता लगा लेता तब ज़्यादा निश्चिन्त महसूस करता। लेकिन वह आदमी न तो बाग में था न ही होटल के हॉल में। हाथ में समुद्र किनारे पर पहनने वाली पनामा टोपी लिए हुए, रीगो पलट कर *ओरात्वार मार्ग* से वापस आ गया, यह रास्ता चीड़ के उपवन से आकर मिल जाता था। सूरज बिल्कुल तप रहा था इसलिए वह फुटपाथ पर छाया में चलता रहा। उसके आगे करीब दस मीटर पर, एक ऊँचे कद का आदमी चल रहा था, पीठ हल्की सी झुकी हुई थी। उसने होटल के चौकीदार को पहचान लिया।

यह पनामा टोपी उन्हीं टोपियों जैसी लग रही थी जैसी दस साल पहले उसकी माँ पहनती थीं। इनग्रीद ने उसे जुआघर के पास की एक दुकान से खरीदा था जिसकी खिड़की में प्रर्दशनार्थ रखी इस टोपी के सिवाय कुछ नहीं था : कोई—शायद उसकी माँ—इसे *ज्युआँ-ले-पैं* में कहीं भूल गयी होंगी, गर्मियों के अंत में, *क्रावाँ* सिगरेट के उस खाली पैकेट की तरह जो उसे दराज़ में मिला था।

चौकीदार उसके आगे धीरे-धीरे चल रहा था और रीगो उससे आगे नहीं बढ़ना चाह रहा था। उसको *काप* मार्ग पर उस बंगले की याद आई जहाँ पर उसकी माँ एक अमरीकी मित्र से मिलने कभी-कभार उसे साथ लेकर जाती थीं। उन दिनों, वे दोपहर के खाने के बाद *कान्न* शहर जाते थे। उस वक्त उसकी उम्र दस से बारह वर्ष के बीच की रही होगी। इस अमरीकी के घर पर वे शाम तक रहते थे। बैठक और नीचे की सीढ़ियों पर बहुत लोग होते थे। ये सभी लोग *वॉटर-स्कीइंग* में रुचि रखते थे और वह अमरीकी इस खेल के प्रति समर्पित पहली औरत थी। इन मेहमानों में से एक की स्मृति बिल्कुल स्पष्ट थी : सफ़ेद बालों वाला, धूप में झुलसा हुआ एक आदमी, शरीर इस कदर शुष्क जैसे ममी, और वह भी, वॉटर स्कीइंग का बहुत बड़ा शौकीन था। उसे बाग में छोड़ कर जाने से पहले, जहाँ पर वह पूरी दोपहर अकेले खेलता

था, उसकी माँ, इस मेहमान को इंगित करते हुए हर बार उससे कहती थीं : "मुँस्युर बेल्बी को जाकर नमस्ते करो।" बुरी स्मृतियाँ हैं। ये स्मृतियाँ उसके ज़ेहन में इस चौकीदार की वजह से आईं थीं जो उसके आगे-आगे चल रहा था। वह बढ़ कर चौकीदार तक पहुँचा और एक हाथ उसके कंधे पर रखा। वह मुड़ा, चकित, और उसे देख कर मुस्कुरा पड़ा :

"आप होटल के एक मेहमान हैं, अगर मैं गलत नहीं हूँ?"

एक आवेग रीगो को इस आदमी की तरफ़ धकेल रहा था। एक रोज़ पहले से वह इतना खोया-खोया सा महसूस कर रहा था, उसे इतनी ज़ोर से इस बात का डर लग रहा था कि इनग्रीद के साथ कुछ बुरा हो सकता था कि वह किसी की भी मदद लेने को तैयार था, डूबते को तिनके का सहारा चाहिए था।

"मैं मादाम पॉल रीगो का बेटा हूँ..."

यह वाक्य उसके मुँह से अनायास निकल गया था और उसका दिल किया कि वह हँसे। क्यों वह उस माँ का ज़िक्र करे, अचानक, उस स्त्री का, जिसमें ममत्व इतना कम था कि वह सारा-सारा दिन उसे बंगले के बागान में छोड़ देती थी और एक दिन शाम को, वह उसे वहीं पर भूल तक गयी थी? बाद में, आल्प्स पर्वतों के एक स्कूल में जब वह भूख और ठंड से बेहाल रहता था, तब उसकी माँ को उसे भेजने के लिए जो एकमात्र कायदे की चीज़ समझ में आई थी, वह थी एक रेशमी कमीज़।

"आप सचमुच मादाम पॉल रीगो के बेटे हैं?"

वह आदमी रीगो को इस तरह से घूर रहा था जैसे कि वह *वेल्स* का शहज़ादा हो।

"लेकिन मुझको पहले ही बताना चाहिए था जनाब, कि आप उनके बेटे हैं..."

चौकीदार ने अपनी कमर सीधी कर ली थी और वह इतना द्रवित हो गया था कि रीगो को लगा जैसे उसने कोई जादुई नुस्खा बता दिया हो। उसने मन ही मन सोचा कि *ज्युआँ-ले-पैं* शहर में पनाह लेने का ख़याल उसे इसलिए

तो नहीं आया था कि इस जगह का संबंध उसके बचपन से था। एक उदास, लेकिन सुरक्षित बचपन, एक ऐसी दुनिया जिसे अभी भी अपनी अनश्वरता पर भरोसा था या वह दुनिया इतनी उथली थी कि अपने भविष्य के बारे में सोचती ही नहीं थी। बस ऐसी ही थी, उसकी माँ, विलुप्त हो गयी बेचारी... वह कुछ भी समझ नहीं पाती इस युद्ध के दौर में, न तो आज के दौर के भुतहा *ज्युआँ-ले-पैं* को पहचान पाती जहाँ लोग अपनी जेबों में जाली कागज़ात लिए काले बाज़ार में जी रहे थे। और अब वह उनका इस्तमाल अपने आख़िरी हथियार के रूप में कर रहा था।

''मैंने मादाम रीगो की ऐसी स्मृतियाँ संजो रखी हैं... वह अपने दोस्तों से मिलने आती थीं, यहाँ, *ज्युआँ* में... और आप, आप उनके पुत्र हैं...''

वह रीगो को अपनी स्नेहसिक्त नज़रों से देख रहा था। रीगो को विश्वास था कि यह आदमी उसकी मदद कर सकता था।

''मैं आपसे एक सलाह माँगना चाहता हूँ,'' वह हकलाया। ''मैं बड़ी नाज़ुक स्थिति में हूँ...''

''बात करने के लिए वहाँ पर बेहतर होगा।''

वह उसे एक बड़े श्वेत भवन के मेहराबदार रास्ते से ले जा रहा था जिसकी छत और सूना आँगन रीगो को अपने कमरे की बाल्कनी से दिखता था : *सैं-फिलिप* स्कूल। वे इन्हीं आँगनों में से एक से निकले जो एक खेल के मैदान में जाकर मिल रहा था और चौकीदार रीगो को आँगन के किनारे पर लगे गूलर के एक पेड़ तक लेकर गया। पेड़ के नीचे उसने एक बेंच की तरफ़ इशारा किया...

''बैठ जाइये।''

वह रीगो के बगल में बैठ गया।

''अब बताइये।''

इस आदमी की उम्र रीगो के दादा-नाना के बराबर की थी, सफ़ेद बाल और लम्बी टाँगें जो उसने एक के ऊपर दूसरी मोड़ रखी थीं। और चेहरा-

मोहरा किसी अंग्रेज़ या अमरीकी जैसा था।

"अच्छा..." सकुचाते हुए रीगो ने शुरुआत की। "मैं पेरिस से यहाँ पर एक युवती के साथ आया हूँ..."

"आपकी बीवी, अगर मैं गलत न समझ रहा होऊँ?"

"वह मेरी बीवी नहीं है... नकली कागज़ातों के ज़रिये मैंने उसे पाया है...उसका पेरिस छोड़ना ज़रूरी था..."

"मैं समझ रहा हूँ..."

काश, यह सब कुछ सिर्फ़ एक बुरा ख़्वाब होता ? भला युद्ध यथार्थ का प्रतिरूप कैसे हो सकता है, जब दोपहर की शुरुआत में, आंचलिक निस्तब्धता में, खेल के आँगन में, हम गूलर के पेड़ के नीचे बैठे हों? अंतिम सिरे पर अध्ययनकक्ष थे, और अपने बगल में एक सफ़ेद बालों व स्नेहमयी आवाज़ वाला एक आदमी जिसने आपकी माँ की प्रिय स्मृति संजो रखी हो। और झींगुर का एकसुरा आश्वस्त कर देने वाला राग।

"आप होटल में, अब और नहीं रह पायेंगे," चौकीदार ने उससे कहा। "लेकिन आपको कहीं और पनाह मिल जाये इसका इंतज़ाम मैं कर दूँगा..."

"आपका सचमुच ऐसा मानना है कि हम लोग अब यहाँ और नहीं रह सकते?" रीगो बुदबुदाया।

"अगले सप्ताह, इलाके के सभी होटलों में पुलिस के छापे पड़ने वाले हैं।"

कक्षा के अधखुले दरवाज़े में से एक बिल्ली सरक कर बाहर आई, मैदान को पार किया और आकर ज़मीन पर पड़ते धूप के एक टुकड़े में घुलटने लगी। और झींगुरों का गायन अभी भी सुनाई पड़ रहा था।

"हमारे यहाँ एक छापा पहले ही पड़ चुका है, पेरिस से एक आदमी विशेष तौर पर इसीलिए आया था।"

"मुझे पता है," रीगो बोला। "गहरे रंग के सूट वाला एक आदमी। आपको लगता है कि वह अभी भी यहीं है?"

''बदकिस्मती से,'' चौकीदार बोला। वह *कान्न* और *नीस* के दरम्यान आवाजाही करता रहता है। वह सभी होटलों के रजिस्टरों को जाँचने की माँग करता है।''

रीगो ने, बेंच पर, अपने बगल में इनग्रीद की समुद्र वाली टोपी रख दी थी। वह उसे वापस आता हुआ न देख कर ज़रूर चिंतित होगी। उसका मन किया था कि वह इस खेल के आँगन में उनके साथ होती जहाँ वे सुरक्षित महसूस कर रहे थे। दूर वहाँ पर, बिल्ली धूप के टुकड़े के बीच में सो रही थी।

''आपको नहीं लगता कि हम लोग यहाँ पर छुप सकेंगे?'' रीगो ने पूछा।

उसने अध्ययनकक्ष एवं पहली मंज़िल की ओर इंगित करते हुए कहा, जो निस्संदेह शयनागार बने चुके थे।

''मेरे पास आपके लिए इससे अच्छी जगह है, सर छुपाने के लिए,'' चौकीदार बोला। एक अमरीकी औरत का बंगला है, गुज़रे ज़माने में, आपकी माँ वहाँ बहुत जाती थीं।''

~

समुद्रतट तक के रास्ते में रीगो सोच रहा था कि वह इनग्रीद से क्या कहेगा। वह उससे आने वाले सप्ताह में पड़ने वाले पुलिस के छापों वाली बात छुपा लेगा और उससे सादगी से कह देगा कि उसकी माँ की कोई सहेली अपना घर, कुछ दिनों के लिए उसको दे रही थीं। किस्मत की यह कैसी विडम्बना है कि उसकी माँ उसके जीवन में इस तरह ज़बरन फिर से हाज़िर हो गयी थीं हालाँकि जब उनकी ज़रूरत थी तब उनकी अनुपस्थिति उसे हमेशा खली थी। और अब, जब उनकी मृत्यु हो गयी है, कुछ ऐसा था जैसे कि मादाम पॉल रीगो चाह रही थीं कि उन्हें माफ़ कर दिया जाये और उन सारी नाइंसाफ़ियों को मिटा दिया जाये जो उन्होंने उसके साथ की थीं।

समुद्र का किनारा सूना था। यहाँ तक कि लोग समुद्र की ओर रखी फोल्डिंग कुर्सियाँ बगैर मोड़े, छोड़ कर चले गये थे। इनग्रीद के सिवाय कोई

नहीं था। वह पुलिया पर धूप सेंक रही थी।

''मैं *प्रोवॉन्साल* के चौकीदार से मिला,'' रीगो ने कहा। ''उसने हमारे लिए एक बंगला ढूँढ लिया है। होटल जल्दी ही बन्द होने वाला है।''

इनग्रीद पुलिया के छोर पर बैठी थी, दोनों पैर हवा में झूल रहे थे। उसने वह बड़ी सी टोपी पहनी हुई थी जिसने उसका चेहरा छुपा रखा था।

''अजीब बात है,'' वह बोली। ''वे सब के सब, एक साथ ही चले गये।''

रीगो खाली कुर्सियों से अपनी नज़रें नहीं हटा पा रहा था।

''यकीनन वे दोपहर में सो रहे हैं...''

लेकिन उसे बहुत अच्छी तरह पता था कि अन्य दिनों में, समुद्र किनारे उस समय तक काफ़ी भीड़ रहती थी।

''हम लोग नहाने चलें?''

''हाँ।''

उसने अपनी टोपी उतार ली थी और उसे पुलिया पर रख दिया था। उन दोनों ने गोता लगाया। सागर किसी झील की तरह शांत था। लगभग पचास मीटर तक उन्होंने ब्रेस्टस्ट्रोक तैराकी की। रीगो ने तट और पुलिया की दिशा में ज़रा सा सिर उठाया। इनग्रीद की बड़ी सी टोपी गहरे रंग की लकड़ी पर एक लाल धब्बे जैसी दिख रही थी। आसपास में किसी मनुष्य की उपस्थिति का वह एकमात्र निशान था।

~

शाम पाँच बजे के करीब, वे समुद्रतट से चले गये। रीगो एक अख़बार ढूँढना चाह रहा था। इनग्रीद को इस बात पर आश्चर्य हुआ। *ज्युआँ-ले-पैं* में उनके आगमन से अब तक, उन्होंने एक भी अखबार नहीं पढ़ा था, सिवाय एक फ़िल्मी पत्रिका के जो इनग्रीद हर हफ़्ते खरीदती थी।

लेकिन अख़बार वाले की दुकान बन्द थी। और *गी-द-मोपासाँ* मार्ग में सारी दुकानों ने अपने शटर पहले ही नीचे कर लिये थे। फुटपाथ पर चलने वाले वे अकेले थे। वे वापस पलट गये।

"तुम्हें यह अजीब नहीं लग रहा ?"

"नहीं... एकदम नहीं...", रीगो ने ज़बरदस्ती एक बेपरवाह लहज़े में कहा। मौसम बीत गया... और हम लोगों को इस बात का एहसास ही नहीं हुआ..."

"तुम अख़बार क्यों खरीदना चाह रहे थे? कुछ हुआ है क्या?"

"नहीं।"

चीड़ के उपवन वाला चौक भी सूना था। और वह मैदान जहाँ सामान्यत: खेलती हुए टीमों में झगड़ा होता रहता था, एक भी खिलाड़ी नहीं था : क्या *ज्युआँ-ले-पैं* के बाशिन्दे भी गर्मी के घुमन्तुओं की तरह अपना शहर छोड़ कर चले गये हैं?

प्रोवॉन्साल के प्रवेश द्वार के सामने, सफ़ेद घोड़े वाला ताँगा रुका हुआ था और गाड़ीवान सूटकेसों का एक ढेर लादना खत्म कर रहा था। फिर ताँगे पर चढ़ कर उसने अपनी जगह ली और चाबुक मारा। घोड़ा सामान्य से भी धीमी गति से होटल की पगडंडी से नीचे उतरने लगा। इनग्रीद और रीगो एक पल के लिए, दहलीज़ पर जड़वत खड़े रहे, मद्धम होती टापों की आवाज़ सुनते रह जाने के लिये।

रीगो को किसी अनहोनी का एहसास हुआ, जो ज़रूर इनग्रीद को भी महसूस हुआ होगा क्योंकि उसने उससे कहा :

"यहाँ पर शायद भूकम्प आने वाला है..."

उनके चारों तरफ़ सूरज की किरणें इस निस्तब्धता को और गहरा कर रही थीं।

~

कोई नहीं था, होटल के हॉल में। इस वक्त पर, होटल के मेहमान कोने में लगी मेज़ों पर नाश्ते के लिए बैठे रहते थे, और जब इनग्रीद और रीगो समुद्र के किनारे से वापस लौटते थे, बातचीत की खुसर-पुसर उनका स्वागत करती थी।

चौकीदार रिसेप्शन डेस्क के पीछे खड़ा था।

"आप यहाँ एक और रात रुक सकते हैं। कल मैं बंगले में आपके रहने का इंतजाम कर दूँगा।"

"हम लोगों के अलावा कोई नहीं है अब?" रीगो ने पूछा।

"जी। बाकी लोग दोपहर के खाने के बाद चले गये हैं। कल के पेरिस के एक अख़बार में छपे एक लेख की वजह से..."

वह लॉकरों की ओर मुड़ा जहाँ कुछ चाभियाँ लटक रही थीं, जो आज के बाद से बेकार होने वाली थीं।

"मैंने आपका कमरा बदल दिया है," चौकीदार ने कहा। "अक्लमंदी इसी में है... मैं आपके लिए रात का खाना ऊपर लेकर आऊँगा तुरंत..."

"आपके पास वह लेख है?" रीगो ने पूछा।

"जी।"

इस बार वे सीढ़ी से ऊपर गये और गलियारे में चलने लगे जिसमें एक छोटी बत्ती की रोशनी थी, कमरा नम्बर 116 तक। खिड़कियों के शटर नीचे किये हुए थे परन्तु धूप फिर भी छन कर आ रही थी और ज़मीन पर महीन आयताकार आकृतियाँ बना रही थी। कमरे में बस एक पलंग रह गया था। रीगो एक खिड़की के नज़दीक गया और उस अख़बार की तह खोली जो चौकीदार ने उसको दी थी। पहले पृष्ठ पर, लेख का शीर्षक, उसकी आँखों में कौंधा : "ख़ुशबूदार यहूदी बस्ती... *कोत-द-आज़्यूर* के होटलों में मशहूर लोगों की डायरेक्टरी।" लेख की शुरुआत में नामों की सूची थी। उसका नाम उसमें नहीं था। उसके नाम में फ्राँसीसी ध्वन्यात्मकता होने के कारण।

"क्या कहना है उनका, इस लेख में?" इनग्रीद ने पूछा।

उसने अख़बार को तह किया और पलंग के पास वाली छोटी मेज़ के दराज़ में ठूँस दिया। अब से कुछ सालों बाद, जब युद्ध का अंत हो चुका होगा और जब होटल में, उसके पुराने दिनों जैसी हलचल फिर से होने लगेगी, तब किसी मेहमान को यह अख़बार मिलेगा जैसे रीगो को *क्रावाँ* का खाली पैकेट मिला था। वह आकर खाली पलंग पर इनग्रीद के बगल में लेट गया और उसे आग़ोश में भर लिया। दरवाज़े की बाहर वाली मूठ पर वह तख़्ती लटकाने की ज़रूरत भी नहीं थी जो मेज़ पर ऐसे ही पड़ी हुई थी : 'कृपया व्यवधान न डालें।'

~

वह सो गया मगर नींद उचटती रही। वह अचानक जागा और निश्चित किया कि खाली पलंग पर इनग्रीद उसके बगल में ही लेटी हुई थी। उसने दरवाज़े पर ताला लगाना चाहा था लेकिन यह एक बेकार का प्रयास था : चौकीदार ने उसे एक चाभी दे दी थी जिससे होटल के कमरों के बीच वाले सभी दरवाज़े खुलते थे।

आँख के काँटे के मार्गदर्शन में कुछ आदमी हॉल में घुस रहे थे और वे छानबीन करने वाले हैं। मगर उसे इनग्रीद के लिए कोई डर नहीं था। ये लोग पाँचों मंज़िलों के गलियारे लाँघ रहे थे बिजली का लैम्प लिए हुए जो अंधेरे को बमुश्किल भेद रहा था। और होटल के ढाई सौ कमरे, एक के बाद एक उन्हें खोलने थे, यह निश्चित करने के लिए कि उनमें कोई रह रहा था या नहीं। ऊपर वाली मंज़िलों से लगातार उसे दरवाज़ों की धड़-धड़ सुनाई दे रही थी। ये धड़-धड़ नज़दीक आती जा रही थीं, ऊँची आवाज़ें उस तक पहुँच रही थीं : आँख का काँटा और उसके बाकी साथी अब उनकी मंज़िल पर थे। उसने अपने हाथ में चाभी जोर से दबा रखी थी। जैसे ही वह उन्हें बगल वाले कमरे का दरवाज़ा खोलते हुए सुनेगा, वह इनग्रीद को जगायेगा और वे अगले कमरे में धीरे से सरक लेंगे। और यह चूहे बिल्ली का खेल इस मंज़िल के सभी कमरों में चलता रहेगा। इन्हें ढूँढना उन सभी की किस्मत में था ही नहीं, क्योंकि वे दोनों *प्रोवाँसाल* की अंधेरी तहों में सटकर लेटे होंगे।

फिर से, वह हड़बड़ा कर जागा। ज़रा सा भी शोर नहीं। हल्की सी भी आहट नहीं दरवाज़ा बन्द होने की। खिड़की पर लगे लकड़ी के पर्दों से दिन की रोशनी छन कर आ रही थी। वह इनग्रीद की तरफ़ वापस आया। गाल बाँह पर टिका हुआ था, वह बच्चे की नींद सो रही थी।

~

ताड़ के पेड़ों की झालर वाली पगडंडी के अंतिम छोर पर, हवेली के सामने वाला हिस्सा मध्यकालीन शैली का था जिसके शिखर पर एक बुर्ज था। जिस दौर में रीगो अपनी माँ के साथ यहाँ आता था, रीगो *वॉल्टर स्कॉट* को पढ़ता था और *इवानहोय* तथा *कौंता द्यूरवार्र* के किले उसकी कल्पना में इस हवेली के जैसे थे। उसे बहुत अचरज हुआ था, पहली बार जब उसने पाया कि अमरीकी महिला या मुँस्युर बेल्बी की वेशभूषा वैसी नहीं थी जैसी किताब के रेखाचित्रों में उसके चरित्रों को दर्शाया गया था।

चौकीदार सबसे पहले उन्हें बगीचा दिखाना चाहता था।

''मुझे इसका एक-एक कोना याद है,'' रीगो ने कहा।

वह आँखें बन्द करके पगडंडी के किनारे-किनारे चल सकता था। वहाँ पर कुआँ था और कृत्रिम रोमन अवशेष और अंग्रेज़ी शैली में कटी घास का बड़ा गलीचा सा जो छतरीदार चीड़ और कनेर से विरोधाभास उत्पन्न कर रहा था। और वहाँ, हरे गलीचे के किनारे, एक शाम उसकी माँ उसे भूल गयी थी और वह बिना उसके वापस *कान्न* लौट गयी थी।

''आप यहाँ, इस पनाहगाह में सुरक्षित रहेंगे।''

चौकीदार बाग को नज़रों से नाप रहा था। रीगो इनग्रीद की बाँह दबाते हुए अपनी बेचैनी पर काबू पाने की कोशिश कर रहा था। अपने बचपन की जगहों पर लौटने में उसे एक अप्रिय अनुभूति हुई। इन जगहों के साथ उसकी कोई मधुर स्मृति नहीं जुड़ी थी और उसे अपनी माँ की एक अदृश्य उपस्थिति का भान होता था हालाँकि वह उसे भूलने में कामयाब हो गया था,

वह बेचारी : रीगो के लिए वह सिर्फ़ बुरी यादों का ज़रिया थी। बहरहाल, उसे फिर से घंटों-घंटो तक इस बाग में कैद रहना पड़ेगा... उसकी रीढ़ की हड्डी में सिहरन सी दौड़ी। यह कैदखाना, जो उसका बचपन रहा था और जिससे वह एक अरसे पहले दूर जा चुका था, इसे उसकी ज़िन्दगी में दोबारा शामिल करके युद्ध उसके साथ एक भद्दा मज़ाक कर रहा था। इस तरह यथार्थ उन दुःस्वप्नों जैसा लग रहा था जो उसे लगातार दिखते थे : नये सत्र में विद्यालय के छात्रावास में...

"मैं आपके लिए इससे ज़्यादा सुरक्षित शरणस्थल नहीं खोज सकता था" चौकीदार फिर से बता रहा था।

वह तर्क करने की कोशिश कर रहा था : उसकी माँ गुज़र चुकी थीं, वह वयस्क हो चुका था अब।

"आपको कोई बात परेशान कर रही है?" चौकीदार ने पूछा।

इनग्रीद ने भी उस पर एक सवालिया निगाह डाली।

"नहीं। नहीं। कुछ भी नहीं।"

"तुम क्या सोच रहे थे?"

"कुछ नहीं।"

इनग्रीद की आवाज़ सुन लेना और उससे नज़रें टकरा जाना काफ़ी था कि उसका अतीत धूल में समा जाये, दीन-हीन आधार वाला अतीत : एक व्यर्थ माँ, एक वॉटर-स्की चैम्पियन अमरीकी महिला, सफ़ेद घोड़े और मुँस्युर बेल्बी का धूप में तपा जिस्म और छज्जे पर कॉकटेल पीते हुए मेहमान। ये सारी भूली-बिसरी बातें अभी भी उसे दुःख कैसे पहुँचा सकती थीं?

इस बाग में, वह इनग्रीद के सान्निध्य में चल रहा था, जो उसके बचपन की तुलना में अब बहुत छोटा सा रह गया था : एक जंगल था जिसमें उसे हमेशा खो जाने और किले तक का रास्ता नहीं खोज पाने का डर लगा रहता था।

"अब मैं आपको बंगला घुमाऊँगा..."

वह यह देख कर हैरान था कि हवेली भी वॉल्टर स्कॉट के रोमन किले के मुकाबले कितने मध्यम आकार की लग रही थी, जो उसने यादों में संजो रखी थी। बस सिर्फ़ इतना ही था...

उन्होंने बुर्ज वाला कमरा चुना, उसकी उजली दीवारों की वजह से। पहली मंज़िल पर, अमरीकी महिला का कमरा ज़्यादा बड़ा था लेकिन उसकी गहरे रंग की चौखटें, चंदोवा मंडपनुमा पलंग और अन्य शाही साजोसामान उसे एक रंजीदा आभास दे रहे थे। वे सबसे ज़्यादा निचली मंज़िल की बैठक में रहते थे जो एक बरामदे से होते हुए बाग में समुद्र की तरफ़ खुलता था। इस बैठक की एक समूची दीवार किताबों की अलमारी से ढकी हुई थी जिसमें रखी कृतियों को एक-एक करके उन्होंने पढ़ने की ठानी थी, उसी क्रम में जिनमें वे ताकों पर सजायी हुई थीं।

रीगो बाग से कतराता था। परन्तु धूप वाले दिनों में, वे पत्थर वाली सीढ़ियों से चबूतरे तक उतर कर जाते थे। वे पानी में नहाते और पुलिया पर पसर जाते थे जहाँ से लोग पुराने दिनों में *वॉटर स्की* के लिए प्रस्थान करते थे। पत्थर काट के बनायी गयी एक गैराज में एक *स्पीडबोट* और एक जोड़ा स्की पड़ा हुआ था। क्या अब भी उनका इस्तेमाल किया जायेगा इससे पहले कि वे पूरी तरह सड़ न जाएँ?

शुरुआत के दिनों में, *प्रोवॉन्साल* का चौकीदार, रीगो और इनग्रीद को बंगले से बाहर निकलने से मना करता था। राशन-पानी लाने का जिम्मा उसी ने लिया हुआ था। वह रीगो के साथ *आन्तीब* के महापौर के दफ्तर तक गया था जहाँ से वह एक *वर्क परमिट* बनवाने में सफल हो गया था जिसमें यह निर्दिष्ट किया गया था कि रीगो दम्पति *ज्युआँ-ले-पैं* में *बोदवाँ मार्ग* पर स्थित *सैं-जॉर्ज* बंगले के रखवाले हैं। संक्षेप में, उसने सिर्फ़ अपना काम पूरा किया था चूंकि वह अमरीकी महिला अपनी अनुपस्थिति में, उसे ही बंगले की देखरेख का ज़िम्मा दे कर गयी थी। उसने इस बंगले को स्पेन के दूतावास के संरक्षण में रखा था। रीगो, जिसने अब तक विश्वविद्यालय की डिग्रियों, प्रशासनिक कागज़ातों, पहचान-पत्रों व चरित्र प्रमाण-पत्रों को तरजीह नहीं दी थी, उसने चौकीदार से अनुरोध किया था कि वह उसे सारे ऐसे साक्ष्य उपलब्ध करवाये

जो इनग्रीद को हमेशा के लिए फ्राँसीसी पुलिस से महफ़ूज़ रख पायें। इस प्रकार रीगो हर वक्त मुँस्युर व मादाम रीगो के नाम का रोज़गार अनुबंध एवं एक शासकीय दस्तावेज़, जो यह सिद्ध करता था कि बंगला *विशी* में स्पेन के दूतावास के तहत है, उन्हें हर वक्त अपने पास रखता था। फलस्वरूप वे एक तटस्थ धरती पर रह रहे थे और युद्ध से उनका कोई सरोकार नहीं था, उसका और इनग्रीद का।

~

ज़्यादा सावधानी के लिए उसने धार्मिक विधि से इनग्रीद से शादी करने का निर्णय ले लिया था। उनके कानूनी विवाह का एकमात्र प्रमाण इनग्रीद के 'मादाम रीगो' के नाम से नकली कागज़ात थे। लेकिन वह कानूनी विवाह कभी हुआ नहीं था। जाड़ों की एक शनिवार को *ज्युआँ ले पैं* के एक गिरजाघर में धार्मिक विधि से विवाह सम्पन्न हुआ था। पादरी चौकीदार का दोस्त था और उनके गवाह थे चौकीदार और वह आदमी जो महापौर के दफ्तर में काम करता था, उसी ने उन्हें रोज़गार के कागज़ात मुहय्या करवाये थे। शादी की दावत बंगले की बैठक में दी गयी। चौकीदार तहखाने से एक शैम्पेन की बोतल ढूँढ कर ले आया था और नये शादीशुदा जोड़े की शान में जाम से जाम टकराये गये। इनग्रीद के साथ अपने धार्मिक विवाह के प्रमाणप्रत्र को रीगो ने उन कागज़ातों में शामिल कर लिया जिन्हें वह सदैव अपने पास रखता था।

~

वे घर की रखवाली करने का अपना काम बख़ूबी निभाते थे और नियमित रूप से हवेली की साफ़-सफ़ाई किया करते थे। धूल का एक-एक कतरा तक बुहारते, मेज़ों-कुर्सियों की पॉलिश करते, खिड़कियों के शीशे धोते। रीगो *स्की बोर्ड* का ख़याल रखता था। अमरीकी महिला और मुँस्युर बेल्बी को वह सही-सलामत मिलेगा युद्ध के बाद, यदि वे बहुत ज़्यादा बूढ़े न हो गये हों तब वे उसका इस्तमाल भी कर पायेंगे। हाँ, युद्ध का अंत होगा। हालात ऐसे नहीं

रह सकते। सब कुछ फिर से ठीक हो जाएगा। यह प्रकृति का नियम है। परन्तु तब तक जीवित रहना पड़ेगा। जीवित। और किसी का ध्यान आकर्षित नहीं करना है। यथासंभव गुप्तवास करना होगा। उन्होंने *ज्युआँ-ले-पैं* की सुनसान सड़कों में टहलना पूरी तरह से छोड़ दिया था। जब कभी वे समुद्र में नहाते, तब भी वे लगभग पचास मीटर से अधिक दूर तक तैरते हुए नहीं जाते थे, एहतियात के तौर पर कि तट से कोई उन्हें देख न ले।

इनग्रीद के पास *पियेर्र बन्वा* के सारे उपन्यासों को चाट जाने के लिए भरपूर वक्त था जिसकी श्रृंखलाओं ने एक पूरी ताक घेर रखी थी। सभी प्रतियों का पहला पन्ना अमरीकी महिला को सस्नेह समर्पित था। उसके बाद इनग्रीद *आलेक्साँद्र द्यूमा* की संपूर्ण कृतियों पर टूट पड़ी जो हरे कपड़े की ज़िल्द में मढ़ी हुई थीं। और वह रीगो को उनके अंश पढ़ कर सुनाती रहती थी, जो चोर बाज़ार में मिले *रीपोलैं* के आख़िरी डिब्बों से बरामदे को रंग रहा था।

शाम को, वे बैठक का टेलीविज़न चालू कर लेते थे। हर बार, एक ही समय पर स्पीकर के ज़रिये एक भारी गूँजती ध्वनि वाली आवाज़ संपादकीय की शैली में युद्ध की खबरें देती थी। उसे सुनने पर, रीगो आश्वस्त हो गया था कि युद्ध का अंत जल्द हो जाएगा। इस आवाज़ का कोई भविष्य नहीं था, इस बात का अंदाज़ा उस आवाज़ के लगातार भारी होने से लगाया जा सकता था। वह कब्र के भीतर से आती आवाज़ लगने लगी थी। अभी कुछ और दिनों तक यह आवाज़ सुनाई देगी, जब तक कि युद्ध ज़ारी रहेगा फिर एक शाम के बाद जब नया सवेरा होगा तब यह आवाज़ बुझ जाएगी।

जाड़े की एक शाम थी जब वे बैठक में हल्के अंधेरे में यह आवाज़ सुन रहे थे, रीगो ने इनग्रीद से पूछा :

"यह आवाज़ तुम्हें किसी चीज़ की याद नहीं दिलाती ?"

"नहीं।"

"यह उस लाल बालों वाले गहरे रंग के सूट वाले आदमी की आवाज़ है जिससे हमारी मुलाकात पिछले साल रेस्तराँ में हुई थी... मुझे यकीन है कि यह वही है..."

“तुम्हें लगता है?”

जैसे-जैसे युद्ध अपने परिणाम की ओर सरक रहा था, स्पीकर से ज़ोर के हथौड़ों की मार की तरह निरंतर वाक्य बरसते रहते थे। रिकॉर्ड घिस गये थे। आवाज़ दूर होती जा रही थी, घड़घड़ाहट में वह घुट चुकी थी और कुछ पलों के लिए पुनः खो जाने से पहले बिल्कुल साफ़ हो जाती थी। किसी शाम को जब अमरीकी जत्थे बंगले से दसेक किलोमीटर की दूरी पर अवतरित होंगे इनग्रीद और रीगो तब भी स्पीकर से आती सीटियों सी ध्वनि में उस भारी रूखी आवाज़ को अलग कर पाने में कामयाब रहेंगे। वह आवाज़ निरर्थक इस तूफ़ान से लड़ने का उपाय खोजती रहेगी जो उसे दफ़ना देगा। एक आख़िरी बार, हमेशा के लिए डूब जाने से पहले, वह एकदम से अलग नफ़रत भरी चीख या मदद की पुकार सी सुनाई पड़ेगी।

~

यह रात के खाने का समय था जब वे स्पीकर से आती आवाज़ सुन रहे थे और उस आवाज़ ने उनके लिए सारी असलियत खो दी थी। वह अब महज़ एक दबे शोर सी रह गयी थी जो उस दौर के गीत-संगीत में घुलती चली गयी।

नीरसता से भरे दिन, महीने, मौसम गुज़रते रहे, अनंतकाल तक। इनग्रीद और रीगो को बमुश्किल याद रह गया कि वे किसी चीज़ का इंतज़ार कर रहे थे, उस क्षण का जो युद्ध का अंत होना चाहिए था।

कभी-कभी वह इन सब चीज़ों की याद करती थी और परेशान हो जाती थी कि रीगो ने उसे उनके हनीमून का नाम दिया था। नवम्बर की एक शाम को *बेरसाग्लियेरी* (इतालवी सेना की पलटन) ने *ज्युआँ-ले-पैं* पर एक झटके में कब्ज़ा कर लिया। और कुछ महीनों बाद, जर्मनी ने। वे समुद्र के किनारे पर एक छोर से दूसरे छोर तक बाड़ बना रहे थे। उन्होंने बंगले के चारों ओर घेरा डाल दिया था। बत्तियाँ बुझा देनी थीं और मृत होने का नाटक करना था।

मैं फिर से, हाथियों को निहारने के लिए गया जिससे कभी भी ऊब नहीं होती।

मंद हवा के झोंके गर्मी से राहत दिलवा रहे थे। मैं चिड़ियाघर के एकदम बीच तक चल कर गया, जिसके किनारे-किनारे, *सैं-मान्दे* वाले तरफ़ से *वैंसेन्न* वन का एक मार्ग है, और वहाँ, मैं एक बेंच पर बैठ गया। विशाल वृक्ष जिनकी पत्तियों की छाँव में आश्रय मिलता है और एक छतरीदार चीड़।

आख़िर में, मैं बेंच पर लेट गया। और मैंने सोचा कि चिड़ियाघर के दरवाज़े बंद होने के वक्त मैं स्वयं ही उठ जाऊँगा या फिर मैं इंतज़ार करूँगा कि चौकीदार मुझसे इस जगह से चले जाने की विनती करे। अब फिर कभी होटल दॉद के कमरे में न जाना और ख़ुद को यूँ छोड़ देना जैसे किसी तरह ढाल पर से नीचे फिसलते जा रहे हों, आख़िरकार शायद यही मेरा हश्र था : आवारा बन जाना। इस ख़याल से मैं भरमा गया था।

मैं ठीक-ठाक था। कभी-कभी मुझको हाथी की चिंघाड़ सुनाई पड़ रही थी। मेरी नज़रें छतरीदार चीड़ के गहरे हरे रंग के पत्तों से हट नहीं रही थीं जो आसमान पर अलग से दिख रहा था।

ज्युआँ-ले-पैं। मैं भी, एक मुद्दत पहले, इस शहर में था, अपने बीसवें वर्ष की ग्रीष्मऋतु में। लेकिन उस वक्त तक मुझे जानकारी नहीं थी कि इनग्रीद और रीगो वहाँ रह चुके थे। मेरी उनसे मुलाकात उससे एक साल पहले वाली गर्मियों में हुई थी और चूँकि मैं उसके बाद उनसे दोबारा नहीं मिला था, मैं उन्हें भूल चुका था।

मुझको कावानो ही *ज्यूआँ-ले-पैं* तक खींच कर ले गया था, कारण एक

संगीत समारोह था। हम लोगों को तब तक अपने अन्वेषक बनने के शौक का एहसास नहीं हुआ था। कावानो एक अफ़्रीकी पियानोवादक की बहन का दीवाना था और वह एक अन्य संगीतज्ञ का ड्राइवर बन गया जिसका नाम ही काफ़ी था मेरी उदासी दूर करने के लिए : दोदो मारमारोज़ा।

मेरी इच्छा हुई कि चिड़ियाघर और *सैं-मान्दे* के कगार पर यह छतरीदार चीड़ मेरा हिमायती बन जाये और मुझको उन गर्मियों के *ज्युआँ-ले-पैं* की कोई चीज़ याद दिलवाये, जहाँ मैं अनजाने में इनग्रीद और रीगो के नक्शे-कदम पर चलता रहा था। हम लोग भी जुआघर के नीचे नहाने जाते थे। और वहाँ से, भोर की किरणों में होटल *प्रोवॉन्साल* के विशालकाय अग्रभाग को उभरते हुए देखते थे। हम इस होटल में नहीं रहते थे, बल्कि किसी और, एक काफ़ी साधारण होटल में, जो एक बेहद शोरशराबे वाली सड़क पर था।

हम सिर्फ़ रातें जीते थे। *ज्युआँ-ले-पैं* में मुझे दिन के वक्त की कोई स्मृति नहीं है। महज़ सूर्योदय के उस एक पल के सिवाय। हमारे इर्द-गिर्द मंडराने वाले चेहरे इतने अनगिनत हैं कि सब आपस में घुलमिल जाते हैं, मैं दोदो मारमारोज़ा का चेहरा उनमें से छाँट कर अलग नहीं कर पाता हूँ। ऑर्केस्ट्रा की धुन चीड़ के उपवन में बजती थीं और उन्हीं गर्मियों में मेरी मुलाकात आन्नेत से हुई। मुझे लगता है कि यह वह दौर था, जब मैं ख़ुश था।

इस तरह से मैंने हर आठ दिनों पर होटल बदलते रहने का फ़ैसला किया था और पेरिस के बाहरी इलाकों में इन होटलों को चुनने की ठानी थी, जहाँ मैं पुराने दिनों में घूमने जाता था। *पोर्त्त-द-ओरे* के *दाँद* से, मैं *सिमोन बोलीवार एवेन्यू* पर स्थित होटल *फ़ीयेव* जाने की सोच रहा था। मुझे आज की शाम ही जाना था लेकिन मैंने अपना हिसाब चुकता नहीं किया था। मैं, जिसने विभिन्न महादेशों के बीच इतने किलोमीटर का सफ़र तय किया था, उसे मेट्रो में *पोर्त्त-द-ओरे* से *ब्यूत्त शोमों* तक के सफ़र के ख़याल से डर लग रहा था। *पोर्त्त-द-ओरे* में आठ दिन के बाद, कहीं और अजनबीपन का एहसास न हो, इसका भय मुझको सता रहा था। हो सकता है कल सुबह मुझमें जाने की हिम्मत होगी। परन्तु *सीमोन बोलीवार* मार्ग में ढलती शाम के वक्त पहुँचने और इस तरह झटके से उन आदतों को अचानक निष्ठुरता से छोड़ने में मुझे वाकई डर लग रहा था जो *पोर्त्त-द-ओरे* में मुझे पड़ गयीं थीं।

फिर मैं रात का खाना खाने के लिए, पिछले कुछ दिनों की तरह, *सूल्ट* मार्ग के कैफ़े में गया। होटल लौटने से पहले, मैं चिड़ियाघर की चारदीवारी के साथ-साथ छतरीदार चीड़ तक चला।

मैंने खिड़की पूरी खुली छोड़ दी, बत्ती बुझा दी और बिस्तर पर लेट गया, सिर दोनों बाँहों पर टिका कर। इस कमरे से मुझे जुड़ाव हो गया था और इसी वजह से मैं इसे छोड़ने में, यहाँ से जाने में हिचक रहा हूँ। परन्तु मैं किसी और युक्ति पर विचार कर रहा था : प्रतिदिन बाहरी इलाके के एक नये मोहल्ले का दौरा करने की। फिर यहाँ लौट आना। ज़रूरत पड़ने पर, यदा-कदा सारी रात के लिए बाहर रह जाना, सारे सामान के साथ, जो सिर्फ़ इनग्रीद के जीवन पर मेरी टिप्पणियाँ थीं। एक रात *सीमोन बोलीवार एवेन्यू*

स्थित *.फ़ीयेव* में। एक रात *पोर्त्त-द-क्लीशी* के पास होटल *गुआँ* में... मगर इस आश्वस्ति के साथ कि *दॉद* मेरा स्थायी निवास रहेगा और *पोर्त्त-द-ओरे* का यह मोहल्ला, आज के बाद से मेरा अड्डा होगा। मुझे अपने कमरे के लिए कई हफ्तों की अग्रिम पेशगी देनी होगी। इस प्रकार, मैं *दॉद* के मालिक को यकीन दिलवा सकूँगा, जो ज़रूर मुझ पर शक कर रहा होगा—मुझे इस बात का आभास हुआ है, जब हम प्रवेश द्वार के गलियारे में टकराते हैं—क्योंकि मैं किसी सामान्य सैलानी जैसा नहीं दिखता था। हाँ, यदा-कदा एक रात किसी और मोहल्ले में गुज़ार लेना, जो छोड़ के आये उसका सपना देखने के लिए। होटल *.फ़ीयेव* में, उदाहरण के लिए, मैं अपने कमरे के बिस्तर पर लेटूँगा, अभी की तरह, और मैं मानूँगा कि दूर से, मुझको चिड़ियाघर के हाथियों की चिंघाड़ सुनाई दे रही है। इन सब जगहों पर, मुझको कभी भी कोई ढूँढ नहीं पाएगा।

~

मैं गलत था। कल, दूसरा पहर शुरू हो रहा था जब मैंने मोहल्ले के प्राचीन संग्रहालय घूमने का निर्णय किया था। होटल से बाहर निकलने पर, फव्वारा चौक को पार करने की देरी भर थी और लोहे की जाली वाला नीचा फाटक, सीढ़ियों और संग्रहालय के आगे के भव्य सोपान के सामने पहुँच जाते हैं। उस क्षण जब मैं प्रवेशद्वार के काउंटर से टिकट खरीद रहा था, मुझे लगा कि मैंने बेन स्मीडा़न को देखा, जिसकी परछाईं बड़े हॉल में सैलानियों और गर्मी की छुट्टियाँ मनाने वाले बच्चों की भीड़ के बीच गुम हो गयी। आगंतुकों की टोलियों के बीच में से रास्ता बनाते हुए मैं जल्दी-जल्दी हॉल पार करने लगा और कोने से बाहर आकर एक बड़े से कमरे में पहुँच गया जहाँ हम *मारेशाल लीयोते* का दफ़्तर देख और सराह सकते थे। पीछे से, किसी ने मेरे कंधे पर हाथ रखा।

"तब ज्याँ, म्यूज़ियम घूम रहे हैं?"

मैं मुड़ा। बेन स्मीडान था। वह मुझे देखते हुए मुस्कुरा रहा था, एक सकुचायी, लजायी सी मुस्कान। उसने आसमानी रंग का पोलो और बादामी

रंग का बहुत सजीला गर्मी वाला सूट पहना हुआ था।

''कितना अजीब इत्तफ़ाक है,'' मैंने नीरस स्वर में कहा। ''आपसे यहाँ मुलाकात होगी मैंने सोचा नहीं था।''

''मैंने भी नहीं। मुझे लग रहा था कि आप *रियो दी जानीरो* चले गये थे।''

''बहरहाल गया नहीं, देखिये।''

करीब दस दिन से मैंने किसी से बात नहीं की थी और इस एक वाक्य को बोलने के लिए मुझे ख़ासी कोशिश करनी पड़ी थी। मैं सोच रहा था कि मैं अगला वाक्य बोल भी पाऊँगा या नहीं। मेरा मुँह सूख रहा था।

''मैं अच्छी तरह जानता था कि आप *रियो* में नहीं थे।''

ज़ाहिर था कि वह मुझको सहज करना चाह रहा था और इसके लिए मैं उसका शुक्रगुज़ार था। अब मुझे उसको और लम्बी-चौड़ी सफ़ाइयाँ देने की ज़रूरत नहीं थी। चित्त एकाग्र करके मैंने स्पष्ट कहा :

''लोग हर चीज़ से थक जाते हैं, *रियो* से भी।''

''मैं समझ रहा हूँ,'' स्मीडान ने कहा।

लेकिन मैं भांप रहा था कि उसे कुछ भी समझ में नहीं आ रहा था।

''ज्याँ, मुझको आपसे कुछ ज़रूरी बात करनी है।''

उसने मेरी बाँह पकड़ी यह जतलाने के लिए कि वह मेरे साथ नरमी से पेश आ रहा था जैसे कि उसे मेरी प्रतिक्रियाओं पर भरोसा नहीं था।

''आप कुछ परेशान लग रहे हैं, बेन। आपको डर है कि कहीं मैं *लीयोत* के दफ्तर में कोई अभद्र व्यवहार न कर बैठूँ ?''

''बिल्कुल नहीं, ज्याँ...''

उसने अपने चारों ओर निगाह डाली और मेरी तरफ़ मुख़ातिब हुआ। लग रहा था जैसे वह कोई तरीका खोज रहा था कि अगर कहीं मुझ पर गुस्से का दौरा पड़ जाये तो सैलानियों के इस सैलाब में किस तरह जल्दी से कमर

से पकड़ कर वह मुझे गिरफ्त में ले ले।

"होटल *दाँद* में आपको ख़ूब अच्छा लग रहा है?"

उसने मुझे आँख मारी। ज़ाहिर था वह मुझे मनाना चाह रहा था। मगर उसे कैसे पता था कि मैं होटल *दाँद* में रह रहा था?"

"आइये, *ज्याँ*। बहुत ज़रूरी है कि हम लोग बात करें।"

अब हम लोग फव्वारा चौक पर थे।

"कुछ पीने चलें?" मैंने उससे पूछा। "चिड़ियाघर के कैफ़े में?"

"आप चिड़ियाघर अक्सर जाते रहते हैं?"

मैं उसके विचार पढ़ रहा था। उसके अनुसार, मैं अपनी स्वाभाविक अवस्था में नहीं था।

धूप बहुत कड़ी थी और मुझमें अब चिड़ियाघर तक पैदल चलने की हिम्मत नहीं थी।

"थोड़े और पास, सड़क के मोड़ पर, मैं एक कैफ़े जानता हूँ। वहाँ कभी कोई नहीं रहता है और वहाँ ठंडक होती है, काफ़ी ठंडक..."

हम अकेले ग्राहक थे। उसने एक एस्प्रेसो मंगवाई। मैंने भी।

"मैं आन्नेत की तरफ़ से आपसे मिलने आया हूँ," उसने मुझसे कहा।

"अच्छा। कैसी है वह?"

मैंने उदासीन रहने का ढोंग किया।

"आप सोच रहे होंगे कि मैं आपको ढूँढने में कामयाब कैसे हो गया? ये लीजिये।"

उसने मुझे मुड़े-तुड़े कागज़ का टुकड़ा पकड़ाया जिस पर मैंने पढ़ा :

होटल *गुआँ?* होटल *द-ला-जोंकियेर? कीयेतीत्यूद (बेरज़ेलीयूस मार्ग)।*

होटल *फ़ीयेव।*

होटल *द्यू प्वाँ द्यू जूर।*

होटल *दाँद ?* होटल *दे बेगोनीया (पीक्प्यूस मार्ग)।*

"यह कागज़ आप *सीते वेरों* में, अपनी काम करने वाली मेज़ पर भूल गये थे। एक दिन शाम को आन्नेत को यह मिला। वह तुरन्त समझ गयी।

दरअसल मैंने ये सारे नाम खिचपिच लिख रखे थे, *रियो* की अपनी दिखावटी रवानगी से पहले।

"और आपने मुझको एक बार में ही ढूँढ लिया ?"

"नहीं। चार दिनों तक, मैं बाकी होटलों के इर्द-गिर्द भटकता रहा।"

"आप परेशान हुए, मुझे खेद है ।"

"आन्नेत ने मुझसे कहा कि वह इन सभी होटलों को जानती थी।"

"हाँ। हम लोग इनमें बहुत जाया करते थे, बीस साल पहले।"

"मुझे आपको यह सौंपने का ज़िम्मा दिया था उसने।"

लिफ़ाफ़े पर लिखा था : ज्याँ के लिए और मुझे अपनी पत्नी की वह ख़ूबी याद आ गयी जिसकी मैं सबसे ज़्यादा प्रशंसा करता था : अनपढ़ों जैसी उसकी बड़ी और सुन्दर लिखावट।

प्रियतम,

तुम्हारी बहुत याद आती है। कावानो मुझे एक पल के लिए भी नहीं छोड़ता है और मैं यह ख़त तुम्हें चोरी-छुपे भेजने के लिए मजबूर हूँ। तुम स्मीडान पर भरोसा कर सकते हो और उसके हाथ मेरे लिए संदेश भेज सकते हो। मैं तुमसे मिलना चाहती हूँ। मैं कोशिश करूँगी कि हर रोज़ शाम के सात बजे के करीब *सीते वेरों* पर रहूँ। मुझे फ़ोन करना। नहीं तो, मैं तुम्हें फ़ोन करूँगी जब मुझे उस होटल का पता चल जाएगा जहाँ पर तुम हो। मैं तुमसे मिलने वहाँ पर आ सकती हूँ, जैसा हम एक अरसा पहले करते थे। मैं कावानो से छिपा कर यह काम करूँगी। मैं किसी को नहीं बताती हूँ कि तुम अभी भी जीवित हो।

मैं तुमसे प्यार करती हूँ, मेरी जान।

आन्नेत

मैंने ख़त को अपनी जेब में सरका लिया।

"आप उसे कोई संदेश भेजना चाहते हैं?" चिंतित स्मीडान ने मुझसे पूछा।

"नहीं।"

बेन स्मीडान के माथे पर बल पड़े, एक उत्सुक बचकाना भाव था।

"ज्याँ, आपके रवैये से मैं घबरा रहा हूँ।"

वह मेरी मन:स्थिति जानने के लिए बेचैन था और अपने प्रति उसका इतना आदरभाव—मैं उससे बड़ा था, आख़िरकार—उसके इस मनुहार करने के अंदाज़ ने मेरे दिल को छू लिया।

"आप अभी भी बहुत छोटे हैं, बेन, यह महसूस करने के लिए। शुरू में हम बड़े उत्साह और जोख़िम से भरे होते हैं और कुछ साल बीतने पर यह पेशा बन जाता है, नित्यकर्म... मैं आपको हतोत्साहित नहीं करना चाहता। वास्तव में, मैं आख़िरी शख़्स होऊँगा जो आपको सीख दे सके।"

"आपको एहसास है ज्याँ, हम लोगों ने मान लिया था कि आप हमेशा के लिए खो गये हैं..."

आगे कुछ और जोड़ने से पहले वह क्षण भर के लिए हिचकिचाया :

"कि आपकी मृत्यु हो गयी है..."

"और उसके बाद?"

वह भयाकुल दृष्टि से मुझे देखता रहा।

"आपको पता नहीं है कि आन्नेत आपसे किस हद तक प्यार करती है...जैसे ही उसको होटलों के नाम सहित कागज़ का यह टुकड़ा मिला, उसे जीवन में फिर से रस आने लगा..."

"और कावानो?"

"उसने मुझसे आपको साफ़ बताने को कहा है कि कावानो की अहमियत उसके लिए कभी नहीं थी।"

बेन को अपने व्यक्तिगत जीवन को कुरेदते हुए देख कर मुझे एकदम से घृणा हुई, गुस्सा आया और शर्मिन्दगी महसूस हुई कि वह हमारे मामले में उलझ रहा है।

"आपकी उम्र में ख़ासकर ज़रूरी है कि आप अपने और अपने भविष्य के बारे में सोचें।"

वह हैरान लग रहा था कि इन परिस्थितियों में भी मैं उसके बारे में दिलचस्पी रख रहा हूँ। जबकि मुझे अच्छा लगता अगर वह मुझसे हिन्द महासागर में, हॉलैंड के जहाज़ के अवशेष की खोज की उस यात्रा के बारे में बात करता जिसकी तैयारी वह कर रहा है और अपने सपनों, अपनी भ्रान्तियों की बात करता।

"और आप?" उसने मुझसे पूछा। "आपका अभी काफ़ी दिनों तक यहीं रहने का इरादा है?"

निराश भाव से वह हाथ से, कैफ़े की शीशे की खिड़की के पीछे से जाने वाले *सूल्ट* मार्ग की ओर इशारा कर रहा था :

"तब क्या मैं आन्नेत से कह सकता हूँ कि वह आपसे मिलने आ जाये?"

"उससे कहियेगा कि वह एकदम से मिलने न आये... मैं उसे यहाँ पर नहीं मिलूँगा...इस तरह हड़बड़ी में काम नहीं करना चाहिए।"

कुछ देर पहले जैसी उसी विचारमग्न मुद्रा में, फिर से उसके माथे पर बल पड़ने लगे। वह समझने की कोशिश कर रहा था। वह मुझे खिझाना नहीं चाह रहा था।

"वह मुझे टेलीफ़ोन से ख़बर दे सकती है या यदा-कदा दो शब्द। अभी के लिए यह काफ़ी होगा। एक साधारण संदेश...या एक चिट्ठी...यहाँ होटल दॉद पर...या फिर होटल *फ़ीयेव* पर... वह सब जानती है..."

"मैं उसे बता दूँगा..."

"और आप बेन, आप अपनी योजनाओं के बारे में बात करने के लिए मुझसे आकर मिलने में कभी संकोच मत कीजियेगा क्योंकि आन्नेत के अलावा सिर्फ़ आप ही हैं जिसे पता है कि मैं ज़िन्दा हूँ... लेकिन याद रखियेगा कि यह बात हमारे बीच ही रहे।"

~

बेन स्मीडान *दोमेस्नील एवेन्यू* की दिशा में चलते हुए दूर होता चला गया और मैंने एक ऐसा नज़ारा देखा जो किसी पुरुष के जीवन में कभी-कभार घटित होता है : उसके रास्ते से गुज़रती बहुत सारी औरतें मुड़-मुड़ कर उसे देख रही थीं।

मैं फिर से अकेला रह गया था। बेशक, इसके कुछ समय बाद से, मैं आन्नेत की ओर से एक पैग़ाम की आस लगाये हुए था। परन्तु यह बात पक्की थी कि वह अकस्मात नहीं आएगी। वह मुझको बहुत ज़्यादा अच्छी तरह जानती थी। बीस सालों से मेरे साथ रह कर उसने मुझसे छिप जाने, अवांछनीय से छुटकारा पाने, या फिर लोगों से बच कर भाग जाने की कला में पारंगत होने के लिए बहुत कुछ सीख लिया था : कोई चारा न होने पर अलमारियों में छिप जाना, खिड़कियों को लाँघ कर भाग जाना, घोर विपत्ति के क्षणों में पीछे की सीढ़ियाँ या आपातकालीन निकास का सहारा लेना, घुमावदार सीढ़ियों पर उल्टी दिशा में दौड़ना... मेरी ये दूरगामी यात्रायें अपनी जिज्ञासा शांत करने या अन्वेषक के व्यवसाय के लिए नहीं बल्कि भाग जाने के लिए थीं। मेरा जीवन महज़ एक पलायन था। आन्नेत जानती थी कि उसे किसी भी चीज़ में हड़बड़ी नहीं करनी चाहिए : ज़रा सी चेतावनी मिलते ही मेरे ग़ायब हो जाने का ख़तरा था—और इस बार तो हमेशा के लिए।

लेकिन यहाँ पर, समय-समय पर आन्नेत का पैग़ाम मिलने से मैं शायद अशांत हो जाऊँ, इन जगहों पर, जहाँ हम लोग बीते दिनों में एक साथ रहे थे और जहाँ पर आज, मैं फिर से पहुँच गया हूँ। ये जगहें बहुत ज़्यादा बदली नहीं हैं। मैंने पेरिस का बीच शहर छोड़ कर क्यों अट्ठारह वर्ष की उम्र में इन

बाहरी इलाकों को चुना था। इन मोहल्लों में मुझे अच्छा लगता था, यहाँ पर मैं साँस ले सकता था, केंद्र की हलचल से दूर ये मोहल्ले पनाहगाह थे, एक सोपान थे एक अभियान और अज्ञात की दिशा में। किसी चौक को पार कर लेना या किसी सड़क के साथ चल देना भर काफ़ी था और पेरिस अपने पीछे छूट जाता। शहर के कगार पर ओझल होती सीमारेखा के साथ मुझे एक कामुक सुख की अनुभूति हो रही थी... रात में, जब *पोर्त्त द शाम्पेरें* चौक पर सड़क की बत्तियाँ जगमग होती थीं तब लगता था कि भविष्य मुझे कोई संकेत दे रहा था।

यह बात अगर मैं आन्नेत को समझाने की कोशिश करता था तब उसे अचरज होता था कि मैं इतनी दूर रहना चाहता था। आख़िरकार वह समझ गयी। या उसने समझने का नाटक किया। हम लोग पेरिस के अनेक सीमांत होटलों में रहे। मैं फ़ालतू के कामों में, किताबों की ख़रीद-बिक्री में दिन बिताता था जबकि वही थी जो ज़्यादा पैसे कमाती थी : *फ़ोबूर सैंत आनोरे मार्ग* पर एक नामी-गिरामी फ़ैशन हाउस में बतौर मॉडल दो हज़ार फ्रैंक महीने की तनख़्वाह थी। उसके सभी सहकर्मी उससे पंद्रह साल बड़े थे और उसके प्रति द्वेषभाव रखते थे।

मुझे याद है कि मॉडलों का केबिन, पीछे के आँगन के छोर पर था। अक्सर ऐसा होता था कि आन्नेत को सारा-सारा दिन स्थायी रूप से वहीं रहना पड़ता था, ख़ासकर जब कोई ग्राहक किसी ड्रेस का चुनाव करने आ जाये। और उसे अपने रास्ते में रोड़े डालने वालों, पीठ पीछे बुराई करने वालों और अन्य मॉडलों की ऊँची एड़ियों से बचना पड़ता था क्योंकि फ़ैशन शो में दुल्हन का जोड़ा हमेशा वही पहनती थी।

हम लोग होटल *दॉद* में कुछ हफ़्ते रहे थे लेकिन इतने बरस बीत जाने के बाद अब मैं अपने कमरे का नम्बर भूल गया था। यह वही तो नहीं जिसमें आज मैं ठहरा हुआ हूँ? किसी हालात में, मेरी स्थिति बदली नहीं है : मैं बिस्तर पर लेटा हुआ हूँ : दोनों बाँहे गर्दन के नीचे बाँधे और मैं छत पर टकटकी लगाये हुए हूँ। मैं ऐसे ही इंतज़ार करता था, शाम को, जब वह 'स्थायी रूप से' फ़ैशन हाउस में मॉडल थी। हम लोग रेस्तराँ में जाते थे और उसके

बाद सिनेमा। मैं अपने आप को रोक नहीं सकता—जैसा कि मैं हूँ, कभी न सुधरने वाला लेखाकार—उन कुछ सभी जगहों की सूची बनाने से, जहाँ हम लोग अक्सर जाते थे :

ओरानो 43

शाले एदुआर्र

ब्रूनाँ-वारीयेते

शे जोसेत द नीस

डेल्टा

ला कारलैंग

दान्यूब पालास

पती .फ़ान्ताज़ीयो

रेस्तराँ कोके

सिनेमा मोंकाम

हालोप्पे

अभी-अभी, होटल लौटते समय, कुछ ऐसा एहसास हुआ जैसे मैं सपना देख रहा होऊँ। मैं *सीते वेरों* में जागूँगा। आन्नेत तब भी सोती रहेगी। मैं अपने वास्तविक जीवन में वापस आ जाऊँगा। मुझको अचानक याद आया कि हमें कावानो, वेजेल और बेन स्मीडान के साथ रात का खाना खाने जाना था। या फिर यह 14 जुलाई होगी और हम लोगों ने अपने सारे दोस्तों को छत पर बुलाया होगा। आन्नेत अपने समय पर जागी और मुझको अजीब सी अवस्था में देखने पर मुझसे पूछ रही है : ''तुमने कोई बुरा सपना देखा क्या?'' मैं उसे सब कुछ बता रहा हूँ : *रीयो* के लिए मेरी नकली रवानगी, मिलान और पेरिस के बीच आवागमन, फ्लैट में मेरा जाना जैसे कि मैं कोई भूत भर था, ताज्जुब कि वह बेन स्मीडान के साथ एक कमरे में बन्द थी, चिड़ियाघर में और *पोर्त्त-द-ओरे* के आस-पास बिताई वे लम्बी दोपहरें, शहर किनारे बसे

उन अन्य मोहल्लों में जा बसने की योजनाओं को दिल से लगाये हुए जिन्हें हमने, उसने और मैंने जाना था, बीस साल पहले। और वहीं पर हमेशा के लिए रह जाना। आन्नेत मुझसे कहती रही है :

"तुम अजीब-अजीब सपने देखते हो, जान्नो..."

मैंने अपनी बाँह पर चिकोटी काटी। सिर झटका। आँखें फाड़ीं। लेकिन मैं जाग नहीं पाया। मैं जड़वत इस चौक पर खड़ा रहा, फव्वारों का पानी और सैलानियों के झुण्ड निहारते हुए,जो प्राचीन संग्रहालय में प्रवेश कर रहे थे। मेरा मन किया कि मैं *दोमेस्नील एवेन्यू* के कैफ़े तक चल कर जाऊँ, वहाँ बाहर रखी कुर्सियों पर बैठूँ, आसपास की मेज़ों पर बैठे लोगों से बात करूँ ताकि यह काल्पनिक भाव तितर-बितर हो जाये। पर इससे मेरी बेचैनी और बढ़ेगी... अगर मैं अपरिचितों के साथ बातें करनी शुरू करता, तब वे मुझे मेरी भाषा में नहीं बल्कि किसी और ही भाषा में जवाब देते। लिहाज़ा, अंतिम चारा था कि मैं होटल दाँद के अपने कमरे से आन्नेत को फ़ोन मिलाऊँ। नहीं। इस कमरे से, जिसमें शायद बीस साल पहले हम साथ रहे थे, मैं उससे संपर्क बनाने में कामयाब नहीं हो पाऊँगा, हमारे संवाद इन सारे बरसों में गड्ड-मड्ड हो जायेंगे जिनकी तहें एक के ऊपर एक जमती चली गयी हैं। इससे बेहतर था कि मैं रास्ते में पड़ने वाले पहले कैफ़े से फ़ोन करने के लिए एक टोकन माँग लूँ और बूथ से नम्बर मिलाऊँ। लेकिन मैंने यह ख़याल भी छोड़ दिया। वहाँ से भी, मेरी आवाज़ इतनी दूर से आती मालूम पड़ेगी कि वह सुनेगी ही नहीं।

मैं होटल लौट आया। वहाँ पर मुझे आन्नेत से एक पैगाम मिलने की उम्मीद थी लेकिन कोई ख़बर नहीं थी। तब, मैंने मन में सोचा कि वह मुझे फ़ोन करेगी और मेरे कमरे में टेलीफ़ोन की वह घंटी मेरा सपना तोड़ दे शायद। मैंने बिस्तर में इंतज़ार किया। आख़िर मुझे नींद आ गयी और मैंने अच्छा सपना देखा : गर्मियों की एक रात, खूब गर्म। मैं एक गाड़ी में था जिसकी खुलने वाली छत थी। मुझको ड्राइवर की उपस्थिति महसूस हो रही थी परन्तु उसका चेहरा साफ़ नहीं दिख रहा था। पेरिस के मध्य से, हम लोग *पोर्त्त द 'इताली* के मोहल्ले की तरफ़ जा रहे थे। कुछ-कुछ देर पर, उजाला हो जा रहा था, हम लोग अब गाड़ी में नहीं थे, बल्कि *वेनिस* या *एमस्टरडम* जैसी सँकरी सड़कों

पर चल रहे थे। हम लोग शहर के अंदर एक पहाड़ी चारागाह से गुज़र रहे थे। फिर से रात है। *ओस्तरलिट्ज़ स्टेशन* के पास गाड़ी धीरे-धीरे एक सुनसान और मद्धम रोशनी वाले रास्ते पर जा रही थी। यह नाम : *ओस्तरलिट्ज़* का स्टेशन उन शब्दों में से एक है जो नींद में भी आपके साथ होता है और जिसकी गूँज और रहस्य सुबह आपके जागने पर छूमंतर हो जाती है। आख़िर में, हम लोग शहर के बाहरी हिस्से की एक सड़क तक पहुँच गये थे जो हल्की सी ढलान लेते हुए नीचे जा रही थी, वहाँ मुझको ताड़ और चीड़ के पेड़ दिख रहे थे। बड़ी इमारतों की खिड़कियों में कहीं-कहीं रोशनी थी। उसके बाद अंधेरे हिस्से। इमारतों के बीच में गोदाम और एक स्टेडियम की चारदीवारी नज़र आ रही थी... हम लोगों ने एक रास्ता लिया जिसके किनारों पर झाड़ियों की बाड़ और लतायें थीं, उन्होंने रेल की पटरी ढँक ली थी। और दीवार पर मोहल्ले के सिनेमा के इश्तहार अभी भी थे। एक ज़माना बीत गया था जब से हम इन इलाकों में फिर लौट कर आये नहीं थे...

~

कुछ दिनों तक मैं आन्नेत के पैग़ाम की आस लगाये रहा। बेकार में। मैं अपने कमरे से बाहर, कम से कम जाता था। एक दिन शाम को, करीब सात बजे, मुझे लगा कि अब और इंतज़ार करने की ज़रूरत नहीं है। उसकी ख़ामोशी अब मुझे परेशान नहीं कर रही थी। शायद वह चाहती होगी कि मैं पहल करूँ, परन्तु यह नामुमकिन था, अगर वह मुझे जानती थी, जितना भी वह मुझे जानती थी।

मैं होटल की सीढ़ियों से नीचे गया और मुझे महसूस हो रहा था जैसे मन से कोई बोझ उतर गया हो। मैं *दोमेस्नील एवेन्यू* के कैफ़े की तरफ़ चल रहा था, अपनी दिनचर्या में थोड़े बदलाव के लिए वहाँ पर मैंने रात का खाना खाने का सोचा था। मैं रीगो के बारे में सोचने लगा। मुझे पहले से मालूम था कि वह अगले दिन और बाकी दिनों में भी मेरे दिमाग पर हावी रहेगा। अगर वह पेरिस में जीवित था तो बस इतना काफ़ी था कि मेट्रो पकडूँ और उससे जाकर मिल लूँ, या फिर उसकी आवाज़ सुनने के लिए टेलीफ़ोन के डायल पर आठ नम्बर मिला लूँ। लेकिन मेरा यक़ीन था कि यह इतना आसान भी न था।

रात के खाने के बाद, मैं ढाबे के टेलीफ़ोन बूथ में रखी पेरिस की डायरेक्टरी देखने गया। आठ साल पुरानी डायरेक्टरी थी। मैंने रीगो कुलनाम से दर्ज लम्बी फ़ेहरिस्त को फिर से पहली बार से ज़्यादा ध्यान से पढ़ा। एक रीगो कुलनाम पर मैं अटक गया जिसके आगे-पीछे कुछ नहीं था। 20, *सूल्ट मार्ग*। 307-75-28। उस साल तक के टेलीफ़ोन नम्बर सिर्फ़ सात अंकों के होते थे। 307, यह *दोरियाँ* का पुराना सूचक था। मैंने वह पता और टेलीफ़ोन नम्बर लिख लिया।

डायरेक्टरी में दर्ज अन्य सभी रीगो कुलनामों में से एक भी मुझको सही नहीं लगा, उनके पेशों और पेरिस में उनके निवास स्थान की वजह से, या फिर सिर्फ़ : श्री और श्रीमती रीगो लिखे होने की वजह से। जिस बात ने मेरा ध्यान आकृष्ट किया था वह था *सूल्ट मार्ग* और रीगो के सिवाय किसी और चीज़ का ज़िक्र न होना।

20 *सूल्ट मार्ग* तक पैदल चल कर जाने के इरादे से मैं ढाबे से बाहर निकला। धूप चली गयी थी और आसमान अभी भी नीला था। इससे पहले कि सड़क की बत्तियाँ न जल जायें, मैं इन लम्हों को जिऊँगा, ये दिन के वे पल हैं जो मुझे पसंद हैं। अब सही मायने में दिन नहीं रहा। अभी रात भी नहीं हुई। चैन और सुकून के भाव में आप सराबोर हो जाते हैं और यह दूर से आती प्रतिध्वनियों को सुनने का समय है।

20 नम्बर, *सूल्ट मार्ग* पर बिल्कुल अंदर जा कर इमारतों का एक झुंड था, जहाँ तक बगल के एक पतले रास्ते से पहुँचा जा सकता था। मुझे डर लग रहा था कि रीगो कहीं किसी दुकान का नाम न हो, लेकिन उस पते पर मैंने ऐसा कुछ ग़ौर नहीं किया था। मकानों के अगले हिस्से वाली खिड़कियों में अभी तक रोशनी नहीं थी। मुझे बगल वाले रास्ते से जाते हुए यह डर भी था कि कहीं कोई किरायेदार मुझसे पूछ न ले कि मैं वहाँ क्या कर रहा था। बेशक, मैं उससे यह कह सकता था : "मैं मुँस्युर रीगो को ढूँढ रहा हूँ।"

20 नम्बर के पास की बेंच पर बैठ कर मुझे ख़ुशी हुई। सड़क की बत्तियाँ जल गयीं। मैं इमारत से अपनी नज़रें नहीं हटा पा रहा था, न उस दरवाज़े से जो बगल वाले रास्ते पर खुलता था। पहली मंज़िल पर, एक

इकलौती खिड़की में अब रोशनी दिख रही थी, गर्मी के कारण उसके दोनों पल्ले खुले थे। क्या इस घर में कोई रहता था, जिसे मैं दो खाली कमरों का फ्लैट समझ रहा था। रीगो?

मुझे किशोरावस्था में पढ़ी उन सभी यात्रा की कहानियों का ख़याल आया, जिनमें मैं ख़ुद को बह जाने देता था, ख़ास कर वह वाली जो एक अंग्रेज़ ने लिखी थी : उसमें उसने मृग मरीचिकाओं का वर्णन किया था, जिनमें एक रेगिस्तान को पार करते हुए वह फँस गया था। किताब की ज़िल्द पर वह खानाबदोश अरबी कबीले के लिबास में, रेगिस्तान के बच्चों के एक झुंड से घिरा दिख रहा था। और मेरा हँसने का मन किया। इतनी दूर जाने की क्या ज़रूरत है जब कि आपको वही अनुभव पेरिस में *सूल्ट मार्ग* की एक बेंच पर बैठे हुए हो सकता है? वे दो रोशन खिड़कियाँ जिनके पीछे मैं रीगो की उपस्थिति का ख़ुद को यकीन दिला रहा था, वह भी क्या वैसी ही बेहद चमकीली मरीचिका नहीं थी जो भरे रेगिस्तान में आपको चौंधिया दे?

~

दूसरे दिन सुबह, करीब दस बजे, मैं फिर से 20 *सूल्ट मार्ग* पर आया। मैंने इमारत के सामने वाले हिस्से से मुख्य दरवाज़े की दहलीज़ लाँघी। बाँयी तरफ़, गार्ड की कोठरी के दरवाज़े की मूठ से एक छोटी सी तख़्ती टंगी थी। उस पर लिखा था : ''कृपया 16 *सूल्ट मार्ग* स्थित पेट्रोल पम्प से संपर्क करें।''

इस सड़क के पेट्रोल पम्प के सामने दो आदमी बातें कर रहे थे, एक ने नीले रंग की पोशाक पहनी थी, दूसरा एक सफ़ेद कमीज़ और धूसर रंग की पतलून में था, पहला एक अरब जैसा था और दूसरे के बाल सफ़ेद पीछे को काढ़े हुए, आँखें नीली और त्वचा लाल चकत्तेदार थी। वह सत्तर साल का लग रहा था और अरब उससे कोई बीस वर्ष छोटा।

''आपको कुछ चाहिए?''

यह सवाल मुझसे नीला चोग़ा पहने अरब ने पूछा था।

''मैं 20 नम्बर के चौकीदार को ढूँढ रहा हूँ।''

''मैं ही हूँ।''

होंठों के कोने से सिगरेट दबाये हुए, सफ़ेद बालों वाले आदमी ने हल्के से सिर झुका कर मेरा अभिवादन किया।

''मुझको सिर्फ़ एक सूचना चाहिए थी...किसी मुँस्युर रीगो के बारे में...''

उसने सोचने के लिए थोड़ा वक्त लिया।

''रीगो? आपको वास्तव में उनसे चाहिए क्या ?''

हाथ नीचे किये हुए उसने अपनी उँगलियों में सिगरेट पकड़ी हुई थी।

''मैं उनसे मिलना चाहता था।''

उसकी ठहरी निगाहों से मुझे घबराहट हो रही थी। अरब भी मुझको बड़े अचरज भरी नज़रों से घूर रहा था।

''लेकिन अब तो एक ज़माना गुज़र गया जब से वे यहाँ नहीं रहते...''

उसने प्यार भरी मुस्कान मुझ पर डाली जैसे उसके सामने कोई भोला-भाला इन्सान हो।

''फ़्लैट में कम से कम तीस सालों से कोई नहीं रहता...मुझको यह भी नहीं पता कि यह मुँस्युर रीगो अभी भी ज़िन्दा हैं...''

नीले चोगे वाला अरब रीगो की नियति के संदर्भ में बिल्कुल उदासीन था। बशर्ते यह तमीज़ का तकाज़ा हो और वह जतला रहा हो, जैसे हमारी बातें उसे सुनाई नहीं दे रही थीं।

''बहरहाल, कुछ मालूम नहीं होना मुझे अच्छा लगता है...मुझे लगता है जैसे वह मेरा फ़्लैट हो...मेरे पास चाभी है और मैं ही घर की साफ़-सफ़ाई करता हूँ...''

''आप इन मुँस्युर रीगो को जानते थे?'' मैंने धड़कते दिल से पूछा।

''जी...आप जानते हैं, मैं कब से यहाँ का चौकीदार हूँ?''

उसने बारी-बारी मेरी और अरब की आँखों में आँखें डालते हुए अपना सीना ताना।

"कोई संख्या बताइये..."

दूसरे वाले ने कंधे उचकाये। मैं चुप रहा। वह नज़दीक आ रहा था और लगभग मुझसे सटता जा रहा था।

"आपके अनुसार मेरी उम्र क्या होगी?"

वह अभी भी सीना ताने था और सीधा मेरी आँखों में देख रहा था।

"बोलिये कोई संख्या बताइये..."

"साठ साल..."

"मैं पचहत्तर साल का हूँ जनाब।"

यह बात उजागर करने के बाद, वह हम लोगों से दूर हटने लगा मानो यह पुख़्ता करना चाह रहा हो कि उसकी बात का हम पर कितना असर हुआ। लेकिन अरब अविचलित रहा। मैंने ज़बरदस्ती कहा :

"आप उससे बहुत कम उम्र के लगते हैं, सच में...और इस रीगो से आपकी जान-पहचान कब हुई थी?"

"1942 में।"

"यहाँ पर वे अकेले रहते थे?"

"नहीं। एक युवती के साथ।"

"मैं इस फ़्लैट को देखना चाहूँगा।"

"आपको इस फ़्लैट में दिलचस्पी है?"

"यह वाक़ई एक इत्तफ़ाक है। मुझे लग रहा था कि किसी मुँस्युर रीगो ने यहाँ किराये पर ले रखा है...मैंने ज़रूर अख़बार के इश्तहार में ग़लत नाम और पता पढ़ लिया होगा।"

"आप इस मोहल्ले में किराये पर फ़्लैट खोज रहे हैं?"

"जी।"

"और रीगो के फ़्लैट में आपकी दिलचस्पी होगी?"

"क्यों नहीं?"

"आप यह फ़्लैट फरवरी तक किराये पर लेंगे? इससे कम समय के लिए मैं आपको नहीं दे सकता...मैं हमेशा इसे कम से कम छः महीने के लिए किराये पर लगाता हूँ..."

"तब, फरवरी तक।"

"आप पैसे सीधे मुझको अदा करने के लिए राज़ी हैं?"

"ठीक है।"

नीले चोग़े वाले अरब ने अपनी सिगरेट जलाने से पहले सिगरेट का पैकेट मेरी ओर बढ़ाया। वह अनमने भाव से हमारी बातें सुन रहा था। शायद रीगो के फ़्लैट के किराये से संबंधित ऐसी बातचीत का वह लम्बे समय से आदी हो।

"मुझे बेशक नकद चाहिए होंगे...आप कितना देने के लिए तैयार होंगे?"

"जितना आप चाहें," मैंने उससे कहा।

उसकी नीली आँखें सिकुड़ी हुई थीं। दोनों हाथों से कमीज़ के कॉलर को कस के पकड़े हुए था :

"कोई तो आँकड़ा बताइये..."

~

फ़्लैट इमारत के आगे वाले हिस्से की दूसरी मंज़िल पर था और उसकी खिड़कियाँ *सूल्ट मार्ग* की तरफ़ खुलती थीं। एक गलियारा रसोई तक जाता था जहाँ एक कोने में, स्नान की जगह बनाई गयी थी, उसके बाद एक छोटा सा ख़ाली कमरा था जिसके लोहे के पल्ले बंद थे, दरअसल उसे पार्श्व कक्ष

कहा जा सकता था, ख़ासा लम्बा चौड़ा, कमरे में ताँबे की छड़ों से बने दो पलंग, एक-दूसरे के साथ लगे हुए थे। सामने की दीवार पर एक शीशे की अलमारी थी।

चौकीदार ने अंदर आने वाला दरवाज़ा बन्द कर दिया और मैं अकेला रह गया था। उसने मुझसे बाद में एक लालटेन लेकर फिर से आने का वादा किया था, क्योंकि बिजली काफ़ी दिनों से काटी जा चुकी थी। टेलीफ़ोन भी। लेकिन वह बहुत जल्दी इन्हें जुड़वा देगा।

गर्मी बड़ी घुटन भरी थी इसलिए मैंने खिड़की खोल दी। सड़क पर जाती गाड़ियों का शोर और सूरज की किरणें जो कमरे में रोशनी फैला रही थीं, उनसे यह फ्लैट वर्तमान में व्यक्त होने लगा। नीचे, मोटर गाड़ियाँ और ट्रक लाल बत्ती पर रुक रहे थे। यह उस *सूल्ट मार्ग* से भिन्न था, जिस को रीगो और इनग्रीद ने जाना था, मगर फिर भी समानता थी, गर्मी की शामों या इतवार को जब सड़क सुनसान रहती थी। लेकिन हाँ, मुझको पूरा विश्वास था कि वे लोग वहाँ पर कम समय तक रहे थे, *ज्युआँ-ले-पैं* जाने से पहले। इनग्रीद ने इस बात का आभास दिया था, जब आख़िरी बार मैंने पेरिस में उसे अकेली देखा था। हमने पेरिस की सरहद पर बने उन मोहल्लों का ज़िक्र किया, जहाँ उन दिनों मैं घूमा करता था—मेरे ख़याल से उसने मुझसे पूछा था कि मैं कहाँ रहता हूँ—और उसने मुझसे कहा था कि वह भी उन इलाकों से भली-भाँति परिचित थी क्योंकि वह वहाँ पर अपने पिता के साथ रह चुकी थी, *ब्यूत्त शोमों* के पास, *आतला* मार्ग पर। और एक छोटे से फ़्लैट में रीगो के साथ भी रह चुकी थी। पता बताने में उसने ग़लती कर दी थी। उसने मुझको *सूल्ट मार्ग* की जगह *दावू मार्ग* बताया था।

मैंने एक के बाद एक अलमारियों के पल्ले खोले लेकिन अंदर कोट टाँगने के हैंगरों के सिवाय कुछ भी नहीं था। आइने में पड़ती धूप की परछाईं से मेरी पलकें झपक रहीं थीं। दीवारें जिनका रंग जगह-जगह से उतर रहा था, उन पर कुछ नहीं था सिवाय पलंग के ऊपर एक निशान के जो इस बात का सूचक था कि वहाँ एक तस्वीर या आइना टाँगा गया था। बिस्तर के दोनों तरफ़, हल्के रंग की लकड़ी से बनी एक छोटी मेज़ थी जिस पर संगमरमर

की पटिया थी जैसी होटल के कमरों में होती है। परदे गहरे लाल रंग के थे।

मैंने पलंग के साथ वाली एक छोटी मेज़ की दराज़ खोलनी चाही लेकिन वह खुल नहीं रही थी। मैंने उसके ताले में ज़बरदस्ती *सीते वेरों* के अपने फ़्लैट की चाभी घुसेड़ी। दराज़ में एक पुराना भूरा लिफ़ाफ़ा था। डाक टिकट निर्दिष्ट था : फ्राँसीसी राष्ट्र। पता नीली स्याही से लिखा था : श्री रीगो, 3 *तिलसित मार्ग,* पेरिस–8 लेकिन इस पर कलम फेर दी गयी थी और काली स्याही से जोड़ा गया था : 20 *सूल्ट मार्ग,* पेरिस–12। लिफ़ाफ़े में एक टंकित पन्ना था।

18 जनवरी 1942

किरायेदारों को सूचना

एत्वाल चौक स्थित यह मकान जिसका प्रवेशद्वार *तिलसित मार्ग* पर है और जिसका इस्तेमाल फ़िलहाल धर्मशाला के रूप में हो रहा है, निकट भविष्य में नीलाम कर दिया जाएगा।

अधिक विस्तृत जानकारी के लिए, किरायेदारों से निवेदन है कि वे श्रीमती जीरी, अधिवक्ता से संपर्क करें। पता 78, *मालशेर्ब मार्ग* और ले दोमेन की दिशा में, 9 *बान्क मार्ग,* पेरिस।

मुझे फिर से, सपने में होने का सा एहसास हुआ। मैं लिफ़ाफ़े को टटोलता रहा, पता दोबारा पढ़ता रहा, बहुत देर तक आँखें उस नाम पर टिकाये रहा : रीगो, जिसके अक्षर वही के वही थे। फिर मैं खिड़की तक देखने के लिए जाता था कि गाड़ियाँ अभी भी *सूल्ट मार्ग* से जा रही थीं या नहीं, वर्तमान का *सूल्ट मार्ग* और गाड़ियाँ। आन्नेत की आवाज़ सुनने के लिए, उसे फ़ोन करने की ख़्वाहिश ने मुझे जकड़ रखा था। पर रिसीवर उठाते समय मुझे याद आया कि टेलीफ़ोन की लाइन कटी हुई थी।

दोनों बिस्तरों पर एक ही किस्म के स्कॉटिश चारखानेदार छापे वाली चादर थी। उनमें से एक बिस्तर के छोर पर, खिड़की के सामने, मैं बैठ गया। लिफ़ाफ़ा मैं हाथ में पकड़े हुए था। हाँ, यही सब इनग्रीद ने मुझे सुनाया था। परन्तु अक्सर, हम जगहों और परिस्थितियों की कल्पना कर लेते हैं जिनके बारे

में किसी ने बात की हो और उसमें कुछ और विवरण भी जोड़ लेते हैं। इसी प्रकार, यह लिफ़ाफ़ा। क्या उसका अस्तित्व वास्तविकता में भी था? या कहीं वह मेरे सपने का हिस्सा तो नहीं था? हर हाल में, *तिलसीत मार्ग* का 3 नम्बर रीगो की माँ का निवास रह चुका था, और यह वही जगह थी जहाँ रीगो उस वक्त रहता था जब उसकी मुलाकात इनग्रीद से हुई थी : उसने मुझसे अपनी हैरानगी का ज़िक्र किया था जब रीगो उसे इस फ्लैट में ले गया था जिसमें वह अकेला रहता था, कुछ और हफ़्तों के लिए। सुरक्षा का एहसास जो पुरानी मेज़ों, कुर्सियों से मिल रहा था, गलीचा जिसमें पाँव धँसा जा रहा था, पेंटिंग्स, झाड़ फ़ानूस, लकड़ी की नक्काशी, रेशमी परदे और जाड़ों का बगीचा...

बैठक में, कर्फ़्यू की वजह से, उन्होंने बत्ती नहीं जलाई थी। *आर्क द त्रियोम्फ़* की बड़ी सी परछाईं, रात से भी ज़्यादा काली परछाईं और बर्फ़ की परत से सफ़ेद चमकीले चौक को देखने के लिए कुछ देर तक वे दरवाज़ानुमा खिड़कियों के आगे ठहर गये थे।

~

"आप सो गये थे?"

वह बग़ैर आहट किये हुए, कमरे के अंदर आ गया था, हाथ में तेल का दीया लिए हुए। रात ढल चुकी थी और मैं बिस्तर पर लेटा हुआ था।

उसने दीये को बिस्तर के साथ वाली छोटी मेज़ पर रख दिया।

"आप तुरन्त फ़्लैट में रहने लगेंगे?"

"मैं नहीं जानता अभी तक।"

"मैं आपको एक जोड़ा चादर दे देता हूँ, अगर आप चाहें।"

दीये से दीवार पर रोशनी की परछाईं पड़ रही थी और अगर मैं अकेला होता तब इस यक़ीन के साथ रहा जा सकता था कि मेरा ख़्वाब अभी ज़ारी है। परन्तु इस शख़्स की मौजूदगी मुझे एकदम वास्तविक लग रही थी। और

उसकी आवाज़ एकदम साफ़ गूँज रही थी। मैं उठा।

"आपके पास कम्बल तो है ही..."

वह मुझको स्कॉटिश चारखानों वाली चादर दिखा रहा था जिन्होंने बिस्तर को ढक रखा था।

"ये मुँस्युर रीगो के थे?" मैंने पूछा।

"बिल्कुल। पलंग और अलमारियों के अलावा, यह अकेली चीज़ है जो यहाँ पर रह गयी है।"

"तो यहाँ वह किसी औरत के साथ रहते थे?"

"जी। मुझे याद है कि वे यहीं रह रहे थे जब पेरिस पर पहली बमबारी हुई थी... दोनों, वे तहखाने में नहीं जाना चाहते थे..."

वह खिड़की में, मेरे बगल में आकर कुहनियाँ टिकाये झाँकने लगा। *सूल्ट मार्ग* सुनसान था और वहाँ बयार चल रही थी।

"अगले सप्ताह के शुरू होते ही, आपका टेलीफ़ोन चालू हो जाएगा... ख़ुशकिस्मती से, पानी नहीं कटा और नहाने के लिए मैंने झरने की मरम्मत करवा दी है।"

"फ़्लैट की देखभाल आप ही करते हैं?"

"जी। समय-समय पर मैं इसे किराये पर चढ़ा देता हूँ, अपने थोड़े जेबख़र्च के वास्ते।"

उसने सिगरेट का एक लम्बा कश खींचा।

"और यदि रीगो साहब लौट आयें?" मैंने उससे पूछा।

वह ख़यालों में डूबा, नीचे, सड़क निहारता रहा।

"मेरे ख़याल से युद्ध के बाद, वे दक्षिण फ्राँस में रह रहे थे...वे पेरिस कभी-कभार आते थे...और फिर, उस लड़की को उसे छोड़ना पड़ा...वह अकेला रह गया...दस सालों तक मैं यदा-कदा उससे मिलता रहा। वह यहाँ

पर थोड़ा वक्त बिताता था...अपनी चिट्ठियाँ लेने आता था यहाँ...और फिर, मैं उससे नहीं मिला...और मुझे नहीं लगता कि वह वापस आएगा।''

यह आख़िरी बात उसने जिस लहज़े में कही थी, उससे मैं चौंक गया। उसकी नज़र वहाँ सड़क के दूसरी तरफ़, एक जगह पर टिकी रही।

''अब लोग वापस लौट कर नहीं आते। आपने इस बात पर गौर नहीं किया, मुँस्युर?''

''जी।''

मेरा उससे पूछने का मन हो रहा था कि इस बात से उसका मतलब क्या है। लेकिन मैंने छोड़ दिया।

''असल में, बताइये मुझे, आपको चादर चाहिए क्या?''

''अभी मैं रात यहाँ नहीं बिताऊँगा। मेरा सारा सामान होटल दॉद में है।''

''अगर आप सामान उठवाने के लिए किसी को ढूँढ रहे हैं तब हम लोग हैं, मैं और मेरा गैरेज वाला दोस्त।''

''मेरे पास सामान नहीं के बराबर है।''

''झरना ठीक काम कर रहा है लेकिन साबुन नहीं है। मैं अभी आपके लिए नीचे से लेकर आता हूँ। और दंतमंजन भी...''

''नहीं, मैं अभी एक और रात होटल में ही रहूँगा।''

''जैसी आपकी मर्ज़ी, जनाब। मुझे आपको चाभी दे देनी चाहिए।''

उसने अपनी पतलून की जेब से एक छोटी सी पीली चाभी निकाली और उसे मेरी तरफ़ बढ़ाया।

''इसे खो मत दीजिएगा।''

क्या यह वही चाभी थी जिसका इस्तेमाल बरसों पहले रीगो और इनग्रीद करते थे?

''अब, मैं आपसे रुख़सत लूँगा। अपने दोस्त का हाथ बँटाने के लिए

मुझे पेट्रोल-पम्प पर काम करना है। आप बाद में मुझसे वहाँ पर आकर मिल सकते हैं..."

उसने झटके से मुझसे हाथ मिलाया।

"आपके लिए तेल का दीया छोड़े जा रहा हूँ। मेरे साथ आने की ज़रूरत नहीं है। मुझको तो अंधेरे में भी, किधर जाना है मालूम है।"

निकलते हुए उसने अपने पीछे कमरे का दरवाज़ा हल्के से बन्द किया। मैं खिड़की से झाँक रहा था। मैंने उसे मकान से बाहर जाते हुए और फिर धीमे कदमों से पेट्रोल पम्प की दिशा में बढ़ते देखा। मैंने अभी-अभी गौर किया कि उसने कपड़े के जूते पहन रखे थे। उसकी उजली कमीज़ और मटमैले रंग की पतलून इस रात को एक समुद्री एहसास दे रही थी।

वह नीले चोगे वाले अरब के पास पहुँच गया। फिर वे दोनों, पम्प के पास, कुर्सी पर बैठ गये थे। और वे आराम से सिगरेट के कश लगा रहे होंगे। मैं भी सिगरेट पी रहा था। मैंने तेल का दीया बुझा दिया था, मेरी सिगरेट का सुलगता लाल छोर का अक्स शीशे की अलमारी में दिख रहा था।

अभी ऐसी ख़ूबसूरत शामें और आयेंगी जब ताज़ी हवा का लुत्फ़ उठाने के लिए के लिए लोग फुटपाथ पर कुर्सियाँ लगा कर बैठेंगे। मुझे फ़ुरसत के इन पलों का भरपूर फ़ायदा उठाना चाहिए इससे पहले कि पत्तों का झड़ना शुरू हो जाये।

~

यह साल का वही समय है, जुलाई के अंत की एक शाम थी, जब मैं इनग्रीद से आख़िरी बार मिला था। मैं कावानो के साथ *लेज़-ऐंवालीद* के स्टेशन तक गया था। वह ब्राज़ील जा रहा था जहाँ महीने भर बाद मैं भी उसके पास पहुँचने वाला था। हमारे, अन्वेषक के पेशे के शुरुआती दिन थे और तब मुझे ज़रा भी आभास नहीं था कि एक दिन मैं इसी देश के लिए रवानगी का नाटक करूँगा और सर छुपाने के लिए पेरिस 12 के होटल में आऊँगा।

वह *ओरली* तक जाने वाली बस में सवार हो गया और मैंने ख़ुद को फिर से अकेला पाया, इस असमंजस में कि पूरी शाम मैं किस तरह से अपने को मसरूफ़ रखूँगा। आन्नेत अपने माता-पिता के साथ कुछ दिन बिताने के लिए *कोपेनहेगन* गयी थी। उन दिनों हम लोग अन्वेषक क्लब के एक कमरे में रहते थे जो *मोंमार्त्र* मोहल्ले की एक हवेली में था। वहाँ तुरन्त वापस जाने का मेरा मन नहीं था क्योंकि अभी दिन ढला नहीं था।

मैं बेमक़सद उस मोहल्ले की गलियों में भटकने लगा जिसे मैं अच्छी तरह जानता नहीं था। मैं आँखें बंद कर के अपना कार्यक्रम दोबारा बनाने की कोशिश करने लगा। खुला बड़ा मैदान पार करके मैं *लेज़-ऐंवालिद* के पास से टहलते हुए उस जगह पहुँचा जो मुझे पिछले इतवार के *सूल्ट* मार्ग से भी ज़्यादा सुनसान लगी, अगर बीते सालों को याद करें तो। छायादार चौड़ी सड़कें। डूबते सूरज की किरणें इमारतों के शीर्ष पर ठहरी हुई हैं।

करीब दस मीटर की दूरी पर, मेरे आगे कोई चल रहा था। मिलिट्री स्कूल के पास से गुज़रने वाली इस सड़क के फुटपाथ पर और कोई नहीं था। मोहल्ले को इसकी दीवारें एक सुदूर और बहुत पुराने किलेदार शहर का आभास देती हैं, इसके दूसरे सिरे से एक औरत ठिठकते कदमों से बढ़ती चली जा रही है मानो वह नशे में हो।

मैं आख़िरकार उसके कदम से कदम मिला पाने में कामयाब हो गया और तब मैंने उस पर एक तिरछी नज़र डाली। मैं उसे तुरन्त पहचान गया। बस तीन बरस हुए थे अभी जब मैं उनसे पहली बार दक्षिण फ्राँस में मिला था, उससे और रीगो से...उसने मुझ पर ज़रा भी ध्यान नहीं दिया। वह चलती रही, कहीं खोई सी, चाल डगमगाती हुई और मैंने सोचा कि क्या उसे सचमुच पता भी था कि वह कहाँ जा रही थी। वह निस्संदेह इस मोहल्ले में खो गयी थी, सीधी सड़कें जो सारी की सारी एक जैसी लगती थीं, उनके बीच बेवजह एक लैंडमार्क ढूँढ रही थी, कोई टैक्सी स्टैंड, या कोई मेट्रो स्टेशन।

मैं उसके नज़दीक गया, लेकिन उसे अभी भी मेरी उपस्थिति का भान नहीं हुआ था। हम कुछ देर साथ-साथ चलते रहे, उससे बात शुरू करने की जुर्रत नहीं कर पा रहा था। आख़िर में, उसने मेरी तरफ़ रुख़ किया।

''मुझे यक़ीन है कि हम एक दूसरे को जानते हैं,'' मैंने कहा।

मुझे लगा कि वह याद करने का यत्न कर रही थी। यह वैसी ही कोशिश होगी जैसे अचानक कभी जब टेलीफ़ोन की घंटी ने आपकी नींद में ख़लल डाल दिया हो पर आपको अपने सामने वाले से बात करने के लिए आवाज़ संयत रखना ज़रूरी होता है।

''हम एक दूसरे को जानते हैं?''

उसकी भवें सिकुडीं और मुझे अपनी धूसर आँखों से घूरती रही।

''मैं *सैं-राफ़ायेल* के रास्ते में था, आप मुझे अपने साथ... मैं गाड़ियों से लिफ्ट माँग रहा था...''

''*सैं-राफ़ायेल* के रास्ते में...?''

यूँ लग रहा था मानो गहराइयों से वह धीरे-धीरे सतह पर आ रही थी।

''अच्छा हाँ... मुझे याद आ रहा है...''

''आप लोग मुझको अपने बंगले पर ले गये थे, *पाम्पलोन* के समुद्रतट के किनारे पर...''

मुझको ऐसा लग रहा था जैसे मैं उसे फिर से आगे कदम बढ़ाने में मदद कर रहा हूँ। वह हल्के से मुस्कुरायी।

''हाँ बिल्कुल... इस बात को ज़्यादा वक्त नहीं हुआ है...''

''तीन साल।''

''तीन साल... मुझे लगा कि और कम समय पहले की बात है...''

हम जड़वत रहे, फुटपाथ के बीचोंबीच, एक दूसरे के सम्मुख। मैं उसे बाँधे रखने के लिए कोई बात खोज रहा था। वह मुझसे तक़ल्लुफ़ भरी बातें कर के अपने रास्ते पर चली जाती। पर फिर उसी ने चुप्पी तोड़ी :

''और जुलाई के महीने में आप पेरिस में रहते हैं? आप छुट्टियों पर नहीं जाते?''

"नहीं।"

"अब आप गाड़ियों से लिफ़्ट नहीं माँगते?"

उसकी आँखों में ताना भरा भाव तैरा।

"अगर आप यहाँ पर लिफ़्ट माँगते, तब आपको बहुत लोगों के मिलने की उम्मीद नहीं होगी..."

वह हमारे सामने की सड़क की ओर इशारा कर रही थी।

"सुनसान है..."

निस्संदेह मैं पहला व्यक्ति था जिससे वह इतने दिनों बाद बातें कर रही थी। आज बीस साल गुज़र जाने के बाद मैं समझ पा रहा हूँ कि उस दिन शाम को, *सूल्ट मार्ग* पर उसकी मन:स्थिति वही थी, जो मेरी आज है।

"शायद इस मरूभूमि को पार करने में आप मेरी मदद कर सकते हैं," उसने कहा।

वह मुझे देख कर मुस्कुरा रही थी और कुछ देर पहले की अपेक्षा संभले कदमों से चलने लगी थी।

"आपके पति कैसे हैं?"

जैसे ही मैंने अपनी बात पूरी की, मुझे अपना यह वाक्य अटपटा लगा।

"वह सफ़र में हैं..."

उसने रूखेपन से मुझे जवाब दिया था और मैं समझ गया कि मुझको यह बात नहीं छेड़नी चाहिए थी।

"मैंने दक्षिण फ्राँस छोड़ दिया है... कुछ महीनों से मैं इस मोहल्ले में रह रही हूँ..."

उसके चेहरे का रुख़ मेरी तरफ़ था और उसकी धूसर आँखों में चिंता की लकीरें पढ़ी जा सकती थीं। और साथ ही मेरे प्रति कोमलता और जिज्ञासा का भाव भी।

"और आप? क्या आप इस मोहल्ले से वाकिफ़ हैं?"

"ज़्यादा नहीं।"

"तब हम दोनों एक ही स्थिति में हैं।"

"आप यहीं कहीं पास में रहती हैं?"

"जी। एक ऑफ़िस की बड़ी सी बिल्डिंग में, सबसे ऊपर वाली मंज़िल पर... वहाँ से दृश्य सुन्दर दिखता है लेकिन उस फ्लैट में कुछ ज़्यादा ही ख़ामोशी है..."

मैं थोड़ी देर तक बग़ैर कुछ बोले रहा। शाम ढल रही थी।

"मैंने आपको रोके रखा है..." उसने कहा। "शायद आपको कोई काम करना होगा...?"

"नहीं।"

"मैं आपको अपने यहाँ रात के खाने पर ज़रूर बुलाती, लेकिन घर पर खाने के लिए कुछ नहीं है।"

वह सकुचा रही थी। भवें सिकुड़ रही थीं।

"हमें शायद कोई कैफ़े या कोई रेस्तरां खुला मिल जाये..."

और वह अपने सामने देख रही थी, दृष्टि ओझल होने तक सूनी सड़क और पेड़ों की कतार, जिनके पत्तों ने सूर्यास्त के तुरंत बाद साँझ का सांवला रंग ओढ़ लिया था।

~

उसके काफ़ी सालों बाद, कावानो ने इस मोहल्ले में एकदम छोटा सा फ्लैट किराये पर लिया था और वह आज भी वहीं रहता है। अफ्रीकी और समुद्रीय मुखौटों से ठसे उन दो छोटे कमरों में ज़रूर गर्मी हो रही होगी और आन्नेत थोड़ी देर हवा खाने के लिए बाहर निकली। वह *द्यूकेस्ने एवेन्यू* के किनारे

चल रही है। यह असंभव नहीं है कि वह मेरे बारे में सोच रही हो और *पोर्त-द-ओरे* में मेरे पास आने का ख़याल उसे लुभा रहा हो, वहीं जहाँ इनग्रीद और रीगो बमबारी के दौरान रहे थे। हम इसी तरह हमेशा उन्हीं जगहों पर अलग-अलग समय पर विचरते रहते हैं और बरसों के फ़ासले के बावजूद, आख़िरकार हम मिल जाते हैं।

लोवोन्दाल एवेन्यू पर एक रेस्तराँ खुला हुआ था, उस मकान से करीब सौ मीटर की दूरी पर जहाँ कावानो रहता होगा। कावानो के कारण मैं इस मोहल्ले से वाक़िफ़ हो गया था और उस समय से मैं अक्सर इस रेस्तराँ के सामने से गुज़रता था। और यहाँ आने पर हर बार मेरे मनोभाव वैसे ही होते थे जैसा उस रोज़ की शाम मैंने इनग्रीद के मन में महसूस किया था, पेरिस के बजाय किसी और शहर में होने का एहसास लेकिन एक शहर जिसका नाम नहीं जाना जा सकता।

~

''यहाँ पर, बहुत अच्छा रहेगा...''

वह मुझको साधिकार एक मेज़ दिखा रही थी जिससे मैं चौंक गया। मुझे उसकी सहमी सी चाल याद आने लगी जब मैंने अभी थोड़ी देर पहले, पीछे से,उसको फुटपाथ पर अकेले जाते हुए देखा था।

होटल का एक रेस्तराँ। जापानियों का एक झुण्ड, अपने सामान के साथ, पथराया सा, रिसेप्शन के गलियारे के बीच इंतज़ार कर रहा था। कमरे की साज-सज्जा निश्चयात्मक रूप से आधुनिक थी : काली लाख की दीवारें, शीशे की मेज़ें, चमड़े की बेंचें, छत में बत्तियाँ। हम आमने-सामने थे और जिस बेंच पर वह बैठी थी उसके पीछे, एक बड़े एक्वेरियम में चमचमाती मछलियाँ तैर रही थी।

वह व्यंजन-सूची पढ़ रही थी।

''आपको खाना चाहिए... आपकी उम्र में ताकत की ज़रूरत होती है...''

"आपको भी," मैंने कहा।

"नहीं, मुझे भूख नहीं लगी।"

उसने मेरे लिए एक सूप और खाना तथा अपने लिए हरा सलाद मंगवाया।

"आप कुछ पीते हैं?" उसने पूछा।

"नहीं।"

"आप शराब नहीं पीते? क्या मैं अपने लिए मंगवा सकती हूँ?"

वह व्याकुल नज़रों से देख रही थी जैसे कि मैं उसे इसकी इजाज़त नहीं दूँगा।

"आप पी सकती हैं," मैंने उससे कहा।

उसने रेस्तराँ के मालिक की तरफ़ देखा।

"अच्छा...एक बीयर..."

लग रहा था जैसे उसने अचानक कोई शर्मनाक या वर्जित चीज़ करने का इरादा किया था।

"इससे विहस्की या कोई और शराब पीने की संभावना ख़त्म हो जाएगी... मैं सिर्फ़ थोड़ी सी बीयर ले रही हूँ..."

वह जबरन मुस्कुरा रही थी। मुझे महसूस हुआ कि वह मेरे सामने कुछ उलझन महसूस कर रही थी।

"मुझे नहीं पता आप इस बारे में क्या सोचते हैं," उसने मुझसे कहा, "लेकिन मुझको हमेशा लगा है कि यह पेय महिलाओं के लिए नहीं है..."

इस बार उसकी नज़रें व्याकुलता से ज़्यादा पीड़ा ज़ाहिर कर रही थीं। और मैं इस बात से इतना दंग हो गया था कि दिलासा देने वाले शब्द ढूँढ नहीं पा रहा था। आख़िरकार मैंने कहा :

"मेरा ख़याल है कि आप गलत हैं... मैं बहुत सारी महिलाओं को जानता हूँ जो बीयर पीती हैं..."

"अच्छा? आप बहुत औरतों को जानते हैं?"

उसकी व्यंग्यपूर्ण मुस्कान और नज़र मुझको आश्वस्त कर रही थी : अभी-अभी जब मैंने फ़ुटपाथ पर उसको चौंका दिया था, तब मेरे मन में सवाल उठ रहे थे कि क्या यह वही औरत है जो *कोत-द-आज़्यूर* में मिली थी। नहीं, वह सचमुच तीन सालों में बदली नहीं थी।

"अपनी जिंदगी के कुछ अच्छे कामों के बारे में बताइये मुझको," उसने मुझसे कहा।

उसे सलाद और बीयर परोसी जा चुकी थी। उसने कुछ घूँट भरे, लेकिन सलाद उसने वैसे का वैसा छोड़ दिया। मैं सोचने लगा कि कैसे वह अपने फ्लैट में अकेली रहती होगी, ऐसी ही प्लेट और ऐसी ही बीयर के सामने बैठी, ख़ामोशी के आग़ोश में, जिससे मैं पहले वाकिफ़ नहीं था, लेकिन आज उससे इतनी भली-भाँति परिचित हूँ।

~

मैंने उसे उस बारे में ज़्यादा कुछ नहीं बताया जो मैं 'अच्छा' किया करता था। मुश्किल से अपने अन्वेषक के शौकिया काम और ब्राज़ील के लिए अगली रवानगी के बारे में एक झलक दी। उसने भी मुझे बताया कि वह *रियो दी जानीरो* में कुछ दिन रही थी। उस दौरान, वह मेरी उम्र की ही रही होगी। तब वह अमरीका में रहती थी।

मैंने उससे कुछ सवाल पूछे और मुझको अभी भी अचरज होता है कि उसने उनके जवाब इतने विस्तार से क्यों दिये थे। मुझे अच्छी तरह महसूस हुआ कि उसे अपने प्रति ज़रा भी करुणा नहीं थी, न ही अपने बारे में बात करने में ख़ास रुचि। वह भाँप चुकी थी कि मैं उसमें दिलचस्पी ले रहा था और उसने मुझसे कई बार कहा, "वह मेरी शाम बर्बाद नहीं करना चाहती थी।"

कभी-कभी ऐसा भी होता है कि किसी एक शाम को, किसी की सचेत और विनीत नज़रों की वजह से हमें ज़रूरत महसूस होती है कि ऐसा एक

संवाद हो जहाँ सिर्फ़ अपने अनुभव ही नहीं, बल्कि उन सभी बेतरतीब बातों का भी ज़िक्र किया जाये जो उस अदृश्य धागे से जुड़े रहते हैं जिसके टूट जाने का ख़तरा बना रहता है और जिसे जीवन धारा कहते हैं।

~

जब तक वह बातें कर रही थी, उसके पीछे एक्वेरियम में मछलियाँ, हर थोड़ी देर पर काँच से अपना सिर टकरा रही थीं। फिर एक छोटे प्रोजेक्टर की रोशनी से चमकते नीले पानी में उनका अथक घूमना जारी हो जाता था। उन्होंने छत में लगी बत्तियाँ बुझा दी थीं, हमें यह जतलाने के लिए कि बहुत देर हो चुकी है और हमें चले जाना चाहिए। अब वहाँ सिर्फ़ एक्वेरियम की रोशनी थी।

आधी रात को एक बजे, सड़क के फुटपाथ पर, सन्नाटा इतना गहन था कि रात में साँस लेती पेड़ों की पत्तियों की सरसराहट सुनाई दे रही थी। उसने मेरी बाँह पकड़ ली :

''आप मेरे घर तक मेरे साथ चलिये।''

इस बार उसे एक सहारे की तलाश थी। अब स्थितियाँ उस शाम जैसी नहीं थीं जब हम लोग *सीतादेल मार्ग* पर नीचे उतर रहे थे और जहाँ पर, जीवन में पहली बार मुझको ऐसा एहसास हुआ था कि मैं किसी की छत्रछाया में था। परन्तु फिर भी, कुछ कदम उठाने के बाद ही, वही थी, फिर से वही मुझे रास्ता दिखा रही थी।

हम लोग बड़े शीशों की अंधेरी खिड़कियों वाली इमारत के सामने पहुँच गये। उनमें से, आख़िरी मंज़िल पर, सिर्फ़ दो खिड़कियों में रोशनी थी।

''मैं हमेशा बत्ती जलती हुई छोड़ देती हूँ,'' उसने मुझसे कहा। ''इससे थोड़ा हौसला बना रहता है।''

वह मुस्कुरा रही थी। तनाव मुक्त थी। लेकिन हो सकता है मुझको आश्वस्त करने के लिए वह चीज़ों को हल्के लेना दिखा रही थी। सड़क के इस हिस्से में पेड़ नहीं लगे हुए थे, बल्कि उसके दोनों किनारों पर वैसी ही

इमारतें थीं जिसमें वह रहती थी, शीशे की खिड़कियों में अंधेरा था। जब मैं कावानो से मिलने उसके घर जाता था, तब मैं अपनेआप को इधर से गुज़रने से रोक नहीं पाता था। तब मैं पेरिस में नहीं होता था और यह सड़क मुझे कहीं नहीं पहुँचाती थी। या कुछ हद तक वह अज्ञात की दिशा में एक पड़ाव था।

''मुझे आपको अपना टेलीफ़ोन नम्बर दे देना चाहिए...'' उसने अपना हैन्डबैग टटोला लेकिन उसमें क़लम नहीं थी।

''आप मुझे नम्बर बता दीजिये...मैं याद रखूँगा...''

जब मैं *मोंमार्त्र* में क्लब के अपने कमरे में वापस आया तब मैंने नम्बर लिख कर रख लिया। उसके बाद के दिनों में, मैंने उसे कई बार फ़ोन करने की कोशिश की। कोई जवाब नहीं देता था। आख़िर में मुझे लगा कि मुझे सही नम्बर याद नहीं रहा होगा।

गाड़ियाँ पार करने वाले दरवाज़े की चौखट में—गढ़े काले लोहे और अपारदर्शी शीशे वाला दरवाज़ा—, वह मुड़ी और उसकी धूसर आँखें मुझ पर टिक गयीं। उसने धीरे से अपना हाथ उठाया और मेरा माथा और मेरे गाल सहलाये, मानो वह आख़िरी बार के लिए एक स्पर्श का एहसास चाहती थी। फिर उसने हाथ नीचे किया और दरवाज़ा उसके मुँह पर बन्द हो गया। यह अकस्मात नीचे गिरता हुआ हाथ और बंद होते लोहे के दरवाज़े की धड़ की आवाज़ ने मुझे चेताया कि जीवन में एक ऐसा भी क्षण आता है जब उसमें कोई सार बचा नहीं रह जाता।

मैंने पलंग के पास वाली छोटी मेज़ पर से तेल का दीपक उठाया और एक बार फिर से शीशे की अलमारी के अंदर खोजबीन की। कुछ भी नहीं था। 3, *तिलसीत मार्ग* पर रीगो के नाम भेजा गया लिफ़ाफ़ा जिसे *20, सूल्ट मार्ग* पर अग्रेषित कर दिया गया था, उसे मैंने अपनी जेब में सरका लिया। फिर हाथ में दीया लिए हुए मैं गलियारे में बढ़ा और फ़्लैट के दूसरे कमरे के अंदर गया।

मैंने लोहे की चादर वाले पर्दे खोले जिसके पल्लों को लपेटने में मुझको बड़ी दिक़्क़त हुई क्योंकि उसमें ज़ंग लग गयी थी। अब मुझको दीये की रोशनी की ज़रूरत नहीं थी : खिड़की के बिल्कुल सामने, सड़क की एक बत्ती कमरे में उजली रोशनी बिखेर रही थी।

बायीं तरफ़, एक छोटी अलमारी थी। उसमें ऊपर का रैक खाली था। दीवार से टिका एक पुराने मॉडल का स्की का जोड़ा रखा था। अलमारी में नीचे, कार्डबोर्ड का एक सूटकेस था। उसके अंदर स्की करने वाले जूते और किसी पत्रिका से फाड़ा गया एक पन्ना था जिस पर मुझे कुछ तस्वीरें दिखीं। मैंने फ़ोटो वाला पन्ना लिया और सड़क की बत्ती की रोशनी में वह अवतरण पढ़ा जिसके चारों तरफ़ तस्वीरें थीं : *मजेव सुनसान नहीं था। कुछ युवा लोगों के लिए उनके सैनिक जीवन में अवकाश के क्षण। बाक़ियों के लिए सेना में वापस जाने से पहले की आख़िरी छुट्टियाँ।*

दो तस्वीरों में, मैंने बीस वर्षीय रीगो को पहचान लिया। एक, ढलान से उतरने के तुरंत पहले, स्की की छड़ी पकड़े हुए, दूसरे में, एक लकड़ी के बंगले के बरामदे में एक स्त्री और मोटा धूप का चश्मा पहने एक पुरुष के संग। इस अंतिम तस्वीर के नीचे लिखा हुआ था : *श्रीमती एडुआर्र बुर्दे, पी*

रीगो, 1939 का यूनिवर्सिटी स्की चैम्पियन, एवं ऐंडी एम्बीरीकोस। श्रीमती एडुआर्ड बुर्दे के चेहरे पर पेंसिल से मूँछें बनायी गयीं थीं और मुझे पूरा यकीन था कि यह रीगो का काम होगा।

मैंने अंदाज़ा लगाया कि स्की, जूते और पत्रिका का पन्ना वह *तिलसित मार्ग* वाले घर से *सूल्ट मार्ग* वाले घर में ले कर आया होगा जो युद्ध के ज़माने के थे। किसी शाम, इस कमरे में जहाँ उसने इनग्रीद के साथ पनाह ले रखी थी—पेरिस पर पहली बमबारी वाली शाम को, लेकिन दोनों में से कोई तहख़ाने में नहीं जा रहा था—, उसने ज़रूर ये चीज़ें ग़ौर से देखी होंगी, मानो वे किसी पूर्व जीवन के अवशेष थे—एक भले नवयुवक का उसका जीवन। जिस दुनिया में वह बड़ा हुआ था और बीस वर्षों तक जो उसका जीवन रहा था, वह उसे इतना सुदूर और इतना बेमानी लगा होगा कि बमबारी ख़त्म होने के इंतज़ार में, उसने एक पेंसिल से इस महिला की मूँछें बना दी थीं।

~

फ़्लैट का दरवाज़ा दोबारा बंद करने से पहले मैंने पक्का किया कि मेरी जेब में वह पीली चाभी तब भी थी जो चौकीदार ने मुझको दी थी। उसके बाद मैं हल्के अंधेरे में सीढ़ी उतरा क्योंकि मुझे सीढ़ी की छोटी बत्ती का बटन नहीं मिला था।

बाहर सड़क पर रात सामान्य से थोड़ी ज़्यादा ख़ुशगवार थी। पेट्रोल पम्प के सामने, नीले चोग़े वाला अरब एक कुर्सी पर बैठा हुआ था और सिगरेट पी रहा था। उसने मुझको हाथ से इशारा किया।

"आप अकेले हैं?" मैंने पूछा।

"वह सोने गया है। कुछ देर में वह मेरी जगह काम पर आएगा।"

"आप सारी रात काम करते हैं?"

"सारी रात।"

"गर्मियों में भी?"

"जी। कोई दिक़्क़त नहीं होती मुझे। मुझे सोना अच्छा नहीं लगता।"

"यदि आपको मेरी ज़रूरत हो," मैंने उससे कहा, "मैं आपकी जगह काम पर आ सकता हूँ, जब आप चाहें। अब मैं इसी मोहल्ले में रहता हूँ और मेरे पास करने के लिए और कुछ नहीं है।"

मैं उसके सामने की कुर्सी पर बैठ गया।

"आप थोड़ी कॉफ़ी पियेंगे? उसने मुझसे कहा।

"शौक़ से।"

वह पेट्रोल पम्प के ऑफ़िस में गया और कॉफ़ी की दो प्यालियाँ हाथ में पकड़े हुए वापस आया।

"मैंने चीनी की एक डली डाल दी है। आपके लिए ठीक है?"

अब हम अपनी कुर्सियों में विराजमान हो गये थे और छोटे-छोटे घूँट भरते हुए कॉफ़ी पीते रहे।

"आप इस फ़्लैट से ख़ुश हैं?"

"बहुत ख़ुश," मैंने उससे कहा।

"मैं भी, मैंने यह फ़्लैट तीन महीने के लिए अपने एक दोस्त को किराये पर दिया था, यहीं पास में उसको एक कमरे का घर मिलने से पहले।"

"और फ़्लैट अभी की तरह खाली था?"

"उसमें एक पुराने स्की का जोड़ा छोड़ कर और कुछ नहीं था।"

"वे अभी भी हैं," मैंने उससे कहा। "और आपके दोस्त को कोई अंदाज़ा नहीं है कि उसका मकान मालिक कहाँ मिलेगा?"

"वह शायद मर चुका है, पता है?"

उसने अपनी कॉफ़ी की प्याली नीचे अपने पैरों के पास रख दी थी।

''अगर वह मरा नहीं है, तब वह कम से कम अपनी खोज-ख़बर तो दे सकता था।'' मैंने कहा।

वह कंधे उचकाते हुए मुझे देख कर मुस्कुरा रहा था। कुछ देर तक हम लोग ख़ामोश रहे। वह सोच में डूबा लग रहा था।

''कुछ भी हो, यह जो आदमी था, उसे खेलकूद से ज़रूर लगाव रहा होगा...'' उसने कहा।

~

होटल लौटने पर, मैंने वह कमीज़ निकाली जिसकी जेब में इनग्रीद के जीवन पर लिखे हुए अंश रखे थे। मैंने उनके साथ पत्रिका से फाड़ा गया पन्ना और रीगो के नाम का लिफ़ाफ़ा रख दिया। हाँ, 3 *तिलसीत मार्ग* श्रीमती पॉल रीगो का ही निवास स्थान था। एक पुरानी डायरेक्टरी में जाँचने के बाद मैंने उसे काग़ज़ के पन्नों पर उतार लिया था। वे चंद दिन जो इनग्रीद ने *तिलसीत मार्ग* पर रीगो के साथ बिताये थे, जब पेरिस में बर्फ़ गिरी हुई थी और वे फ़्लैट छोड़ कर निकलते नहीं थे। बैठक की बड़ी खिड़कियों के पार वे चारों ओर बर्फ़ से ढके चौक और सड़कें निहारते रहते थे, जिसने शहर को शिथिलता और नींद की चादर में लपेट रखा था।

~

मैं क़रीब दोपहर में जागा और फिर एक बार दिन ढलने से पहले आन्नेत की तरफ़ से किसी पैग़ाम या फ़ोन की उम्मीद जागी। मैं नाश्ता करने के लिए फ़व्वारे वाले चौक के दूसरी तरफ के एक कैफ़े में गया। वापस आने पर, मैंने होटल के मालिक को इत्तला की कि मैं शाम तक कमरे में ही रहूँगा ताकि अगर मेरी बीवी मुझे टेलीफ़ोन करे तब वह मुझको बुलाना न भूल जाये।

मैंने खिड़की के दोनों पल्ले खींच दिये। गर्मी का एक खिला हुआ दिन था। पिछले दिनों जैसी भीषण गर्मी बिल्कुल नहीं थी। बच्चों का एक

झुण्ड मॉनीटरों की निगरानी में प्राचीन संग्रहालय की ओर बढ़ रहा है। वे एक आइसक्रीम बेचने वाले को घेर कर खड़े हो गये। फ़व्वारे का पानी धूप में चमचमा रहा था और जुलाई की इस निस्तब्ध दोपहर से उठ कर सुदूर उस जाड़े में चले जाने में मुझे ज़रा भी मुश्किल नहीं हुई, जब इनग्रीद की मुलाक़ात रीगो से पहली बार हुई होगी। ऋतुओं के बीच, अतीत और वर्त्तमान की सीमायें मिट गयी थीं।

~

नवम्बर के आख़िरी दिनों की बात थी। वह हमेशा की तरह, दिन के तीसरे पहर में शातले की नृत्यशाला से निकली थी। उसके पास *ओरनानो मार्ग* के होटल में अपने पिता तक पहुँचने के लिए अब ज़्यादा समय नहीं बचा था, जहाँ पर वे शरद ऋतु की शुरुआत से रह रहे थे : *शॉम्पियोना मार्ग* पर एक दिन पहले जर्मन सैनिकों पर हुए हमले के कारण, उस दिन शाम को समूचे इलाके में कर्फ़्यू शाम छः बजे से शुरू होने वाला था।

शातले के स्टेज पर पिछले सप्ताह सातों दिन वियेना के नृत्य हुए। अपने कुछ साथियों के साथ, अतिरिक्त कलाकार का काम करके उसने जीवन में पहली बार पैसे कमाये थे। चोरी-छिपे कमाये पचास फ्रैंक। शाम ढलने लगी थी, वह चौक पार कर रही थी, मेट्रो के प्रवेशद्वार की दिशा में। क्यों, उस शाम को, अपने पिता से मिलने की संभावना उसके मन में निराशा जगा रही थी ? डॉक्टर जुगान *मोंपेलिये* में बसने के लिए चले गये थे और अब वे उसके पिता की सहायता नहीं कर सकते थे, जैसा उन्होंने अभी तक अपने क्लीनिक में उन्हें रोज़गार देकर किया था। डॉक्टर जुगान ने उसके पिता को अपने साथ *मोंपेलिये* चलने का प्रस्ताव दिया था, स्वतंत्र क्षेत्र में, परन्तु इसके लिए सीमा रेखा चोरी से पार करनी पड़ती... निस्संदेह डॉक्टर ने उसकी सिफ़ारिश *ओतई* के क्लिनिक के और लोगों से की थी, लेकिन उनमें डॉक्टर जुगान जैसा जिगर और साहस नहीं था : उन्हें डर था कि कोई इस बात का पता न लगा ले कि एक ऑस्ट्रियन, जिसकी गणना बतौर यहूदी की गयी थी, चुपके-चुपके उनके क्लिनिक में काम करता था...

मेट्रो की बोगी में, जहाँ लोग एक-दूसरे से चिपक कर खड़े थे, उसका दम घुट रहा था। वहाँ पर सामान्य से ज़्यादा भीड़ थी, निस्संदेह शाम के छः बजे कर्फ़्यू लगने की वजह से। *स्त्रासबूर सैं-देनी* स्टेशन पर, इतनी संख्या में लोग चढ़े कि दरवाज़े बन्द नहीं हो पा रहे थे। उसे *वाल्स द वियेन* के पचास फ्रैंक से रिक्शा लेना चाहिए था। या फिर ताँगा। *ओरनानो मार्ग* तक का रास्ता तय करने में जितना वक्त लगता है उसमें वह कल्पना कर सकती थी कि युद्ध समाप्त हो चुका है और वह किसी और शहर में घूम रही थी जो इस दौर से ज़्यादा ख़ुशहाल था, मसलन वियेना के नृत्य।

~

वह हमेशा की तरह *सिम्पलों* नहीं बल्कि *बार्बेस-रोशशुआर* स्टेशन पर उतरी। साढ़े पाँच बज रहे थे। उसे होटल तक खुली हवा में पैदल जाना पसन्द था।

जर्मन फ़ौजियों का दस्ता और फ्राँसीसी पुलिस *बार्बेस* मार्ग की ड्योढ़ी पर तैनात थे मानो वह किसी सरहद की चौकी हो। उसे ऐसा पूर्वाभास हुआ कि अगर वह बाकी लोगों के पीछे पेरिस 18 में जाने वाली सड़क पकड़ती तो वह हमेशा के लिए इसकी सरहद में कैद हो जायेगी।

वह *रोशशुआर* मार्ग से जा रही है, बाँयी तरफ़ के फुटपाथ पर, पेरिस 9 वाली सड़क पर चलती रही। समय-समय पर, वह सामने वाले फुटपाथ पर नज़र डाल रही है जो कर्फ़्यू की सीमा निर्धारित करता है और जहाँ पर अंधेरा ज़्यादा है, हालाँकि भोंपू अभी तक बजा नहीं है : अभी भी पंद्रह मिनट हैं इससे पहले कि सीमा बन्द न कर दी जाए और यदि वह अभी इसके पार नहीं चली गयी तब वह अपने पिता के पास होटल तक नहीं पहुँच पायेगी। मोहल्ले के मेट्रो स्टेशन भी छः बजे बन्द हो जायेंगे। *पिगाल चौक,* एक दूसरी सीमा चौकी। एक ट्रक के इर्द-गिर्द जर्मन सैनिक हैं। पर उनके सामने वह तन कर चलती रही, उसी फुटपाथ पर, *क्लीशी* मार्ग के साथ-साथ। दस मिनट से ज़्यादा नहीं है *ब्लाँश चौक*। वहाँ, वह कुछ देर के लिए रुकी। वह चौक और सीमा लाँघने की तैयारी कर रही है, आगे की तरफ़ तीन कदम बढ़ाती

है और फिर से ठहर जाती है। वह वापस पीछे *ब्लाँश* चौक के फुटपाथ पर आती है, पेरिस 9 की तरफ़। पाँच मिनट से अधिक नहीं हैं अब। चक्कर खाकर और उस पार के अंधेरों में उलझ कर गिरना नहीं है। पेरिस 9 के फुटपाथ पर तन कर चलते रहना है। वह *ब्लाँश* चौक के *पाल्मियेर कै.फे* और दवाई की दुकान के सामने चहलक़दमी कर रही है। वह ज़बरन कोशिश में लगी है कि कुछ न सोचे और अपने पिता के बारे में ख़ास तौर से नहीं। वह गिनती गिनने लग गयी है। तेइस, चौबीस, छब्बीस, सत्ताइस... छः बजकर पाँच मिनट। बस। ख़त्म।

~

अपने सामने के फुटपाथ पर सीधे चलते चले जाना है उसे और वह बगल में देखने से बच रही है, वहाँ, जहाँ से कर्फ्यू की सीमा निर्धारित होती है। वह कदम तेज़ करती है, लग रहा है जैसे कि वह किसी सँकरे से पैदल पुल पर बढ़ रही हो और हर क्षण अधर में लुढ़कने का डर लगा हुआ हो। वह इमारतों से सट कर चल रही है *ज्यूल .फ़ेरी* की दीवारों से, जहाँ वह पिछले साल तक पढ़ने जाती थी।

अब वह *क्लीशी चौक* पार कर चुकी है, आख़िरकार वह अट्ठारहवें जनपद की तरफ़ मुड़ती है। अपने पीछे हमेशा के लिए वह मोहल्ला छोड़ कर आ गयी है जो क.र्फ़्यू के आग़ोश में डूबा हुआ है। कुछ ऐसा सा है मानो समय रहते वह डूबती हुई क़श्ती से कूद गयी थी। वह अपने पिता के बारे में नहीं सोचना चाह रही है क्योंकि वह अभी भी इस अंधेरी काली बस्ती के बहुत नज़दीक महसूस कर रही है, जहाँ से कोई भी, कभी निकल नहीं पायेगा। वह बाल-बाल बच गयी थी।

अब उसे उस तरह की घुटन का एहसास नहीं हो रहा है जैसा उसे मेट्रो में और कुछ देर पहले *बार्बेस-रोशशुआर* के चौराहे पर मूर्त्तवत सैनिकों और सिपाहियों को देखने पर हो रहा था। उसे लग रहा है कि उसके सामने जिस सड़क का विस्तार है, वह जंगल की एक चौड़ी पगडंडी है और आगे जाकर,

पश्चिम में सागर से मिल जाती है। हवा के झोंके के साथ उड़ कर आते झाग उसके चेहरे को सहलाने लगे हैं।

~

जब वह *एत्वाल चौक* पहुँची, पानी बरसने लगा था। *तिलसित मार्ग* पर एक ओसारे की छाँव में वह छिप कर खड़ी हो गयी। पड़ोस के मकान की निचली मंज़िल पर, एक चाय की दुकान थी जिसका नाम था *रॉन्देवू*। अपने स्पोर्टस जैकेट और पुराने स्वेटर की वजह से काफ़ी देर तक संकोच करते रहने के बाद, वह उस दुकान में घुसी।

वह कोने में लगी एक मेज़ पर बैठ गयी। आज शाम को बहुत ज़्यादा ग्राहक नहीं हैं। वह चौंकती है : वहाँ पर, पियानोवादक *वाल्ज़ द वियेन* की एक धुन बजा रहा था। एक महिला वेटर उसके लिए गर्म चॉकलेट वाला दूध और मैकारों ले कर आई और उसे अजीब नज़रों से देख रही है। वह मन ही मन सोच रही है कि उसे यहाँ पर बैठने का अधिकार है कि नहीं। संभवतः यह चाय की दुकान 'बिना अभिभावकों के नाबालिगों' के लिए वर्जित हो। उसके ज़ेहन में यह जुमला क्यों आया? बिना अभिभावकों के नाबालिग। यूँ तो वह सोलह साल की है लेकिन लगती बीस की है। वह मैकारों को दाँत से काटने की कोशिश करती है लेकिन वह सख़्त है और चॉकलेट वाला ग़र्म दूध लगभग हल्के बैंगनी रंग का है। हालाँकि उसमें चॉकलेट का स्वाद तो नहीं के बराबर है। *वाल्ज़ द वियेन* में अतिरिक्त कलाकार की भूमिका अदा करने के तौर पर जो पचास फ्रैंक उसने कमाये थे, वे क्या इसकी कीमत अदा करने में ही क़ुर्बान हो जायेंगे?

चाय की दुकान के बंद होने पर वह ख़ुद को फिर से बाहर पायेगी बारिश में। ज़रूरी है कि आधी रात तक सर छिपाने के लिए वह कोई जगह ढूँढे। और कर्फ़्यू के बाद? उस पर डर और आतंक हावी होने लगा। उसने इस बारे में सोचा ही नहीं था, जब वह शाम के छः बजे वाले कर्फ़्यू से भागने के लिए दीवारों को रगड़ते हुए चल रही थी। अपनी मेज़ के बगल वाली मेज़

पर, उसे दो लोग दिखे। एक ने धूसर रंग का सूट पहन रखा है। उसकी कठोर नज़रों और पतले होंठों के साथ उसका गलफुल्ला चेहरा बेमेल लग रहा था। उसकी दाँयीं आँख में बड़ा सा दाग़, उसकी टकटकी बँधी नज़रों को और कठोर बना रहा था। सुनहरे बाल पीछे काढ़े हुए हैं। दूसरे के बाल काले हैं और ट्वीड का एक घिसा कोट पहने है। वे धीमी आवाज़ में बातें कर रहे हैं। उसकी नज़रें काले बाल वाले से टकराईं। दूसरे वाले ने झटके से एक सुनहरा सिगरेट केस खोला। ऐसा लग रहा था जैसे वह काले बालों वाले को कुछ समझा रहा था। कभी-कभी वह आवाज़ ऊँची कर रहा था लेकिन पियानो की आवाज़ में उसके शब्द दबे जा रहे थे। काले बालों वाला उसे सुन रहा था और रह-रह कर हामी भर रहा था। लड़की की नज़र उससे फिर टकरायी, वह उसे देख कर मुस्कुराया।

~

धूसर सूट में सुनहरे बालों वाले ने चाय की दुकान से निकलने से पहले उदासीनता से रुख़सत लेने के अंदाज़ में हाथ हिलाया। पियानोवादक अभी भी *वाल्ज़ द वियेन* की धुन बजा रहा था। वह डर रही है कि कहीं दुकान के बंद होने की घड़ी न आ गयी हो।

उसके चारों ओर, सब कुछ डगमगा रहा था। वह घबराहट से होने वाली कँपकपी को छिपाने की कोशिश कर रही है। अपनी उँगलियों से उसने मेज़ का किनारा भींच लिया है और अपनी नज़रें चॉकलेट की प्याली और मैकारों पर, जिसे वह खा नहीं सकी थी, टिका रखी हैं।

काले बालों वाला उठा और उसके पास आया।

"आपकी तबीयत कुछ ठीक नहीं लग रही है..."

उसने उसकी उठने में मदद की। बाहर, वे बारिश में दो-चार कदम चले और वह ठीक महसूस करने लगी है। उसने उसे बाँहों से थाम रखा है।

"मैं कर्फ़्यू की वजह से...अट्ठारहवीं तहसील में...अपने घर वापस नहीं लौटी..."

उसने जल्दी से कहा, मानो वह किसी बोझ से छुटकारा पाना चाह रही हो। और फिर अचानक फूट-फूट कर रो पड़ी। उसने उसकी बाँह ज़ोर से पकड़ ली।

"मैं पास में रहता हूँ... आप मेरे यहाँ चलेंगी..."

वे सड़क के मोड़ के साथ मुड़ गये। अभी भी अंधेरा वैसा ही था जैसा उस वक्त था, जब वह उस सीमा पर थी जहाँ से आगे कर्फ़्यू लगने वाला था और जब वह अपनी सारी ताकत लगा कर लड़ रही थी कि वह गश खा कर गिर न पड़े और नौवीं तहसील का फुटपाथ छूट न जाये। अब वे एक चौड़ी सड़क पार कर रहे हैं जिसकी लैम्पपोस्ट से मद्धम नीली रोशनी बिखर रही है।

"आप क्या काम करती हैं?"

उसने उसका विश्वास जगाने के लिए स्नेहसिक्त स्वर में यह सवाल पूछा था। लड़की ने रोना बन्द कर दिया लेकिन बहते आँसू ठोड़ी तक फिसल कर आते महसूस हो रहे थे उसे।

"नृत्यांगना हूँ।"

~

वह सहमी हुई थी। उन्होंने लोहे का फाटक पार किया और *एत्वाल चौक* के किनारों पर बनी हवेलियों में से, एक बड़ी हवेली का आँगन पार किया। दूसरी मंज़िल पर, आदमी ने मुख्य दरवाज़ा खोला और उसे अपने आगे अंदर जाने दिया।

दमकती बत्तियाँ और झिलमिलाते झाड़फ़ानूस। बत्तियों को छिपाने के लिए पर्दे खिंचे हुए हैं। उसने अपने जीवन में कभी इतना बड़ा कमरा नहीं देखा था जिसकी छत इतनी ऊँची हो। उन्होंने एक गलियारा पार किया फिर

एक शयनकक्ष जिसकी दीवारें, पुरानी किताबों से सजी ताक़ों से भरी हुई थीं। बैठक की अंगीठी में लकड़ी की आग बुझ रही थी। कुन्दे लगभग ख़ाक हो चुके थे। उसने लड़की से ओवरकोट उतार कर सोफ़े पर बैठ जाने को कहा। बैठक के बिल्कुल कोने में गोलाकार शीशे की खिड़कियों से जाड़े का बगीचा दिखता था।

''आप अपने घर पर फ़ोन कर सकती हैं।''

उसने फ़ोन सोफ़े पर उसके बगल में रख दिया। एक पल के लिए वह झिझकी। आप अपने घर फ़ोन कर सकती हैं। उसे नम्बर अच्छी तरह से याद था : मोंमार्त्र 33–83, होटल की पहली मंज़िल पर कैफ़े का नम्बर। मालिक फ़ोन उठायेगा, बशर्ते कर्फ़्यू की वजह से उसने कैफ़े बन्द न कर दिया हो। उसने काँपती उँगलियों से नम्बर मिलाया। वह चिमनी के आगे झुका हुआ था और लकड़ियों को एक चिमटे से उलट-पलट रहा था।

''क्या आप डॉक्टर तेरसेन के लिए एक संदेश ले सकते हैं?''

उसे नाम कई बार दोहराना पड़ा।

''वह डॉक्टर जो होटल में रहते हैं...जी...उनकी बेटी की तरफ़ से... उनसे कह दीजियेगा कि सब कुछ ठीक है...''

उसने जल्दी से रिसीवर रख दिया। वह आकर सोफ़े पर उसके बगल में बैठ गया।

''आप होटल में रहती हैं?''

''जी। अपने पिता के साथ।''

उनके दो कमरे आराम से इस बैठक के कोने में समा सकते थे। उसे होटल का मुख्यद्वार याद आया और ऊपर की पहली मंज़िल तक जाती खड़ी, घुमावदार सीढ़ी जो लाल कालीन से ढकी थी। गलियारे में दाहिनी तरफ़, कमरा नम्बर 3 और 5। और यह बैठक जहाँ पर इस वक्त वह है, रेशमी पर्दों वाला, नक्काशीदार लकड़ी की खिड़कियाँ-दरवाज़े, झाड़फ़ानूस, पेंटिंग्स और जाड़े का बगीचा...उसे सोच कर अचरज हो रहा है कि क्या वह उसी शहर में

है या कोई ख़्वाब देख रही है, जैसे कुछ देर पहले, मेट्रो में, जब वह *ओरनानो मार्ग* से बग्घी में लौटने की कल्पना कर रही थी। हालाँकि यहाँ से *ओरनानो मार्ग* तक, कोई दस मेट्रो स्टेशनों की दूरी है।

''और आप? आप यहाँ अकेले रहते हैं?''

''जी।''

उसने अफ़सोसजनक अंदाज़ में कंधे उचकाये, मानो वह माफ़ी माँग रहा हो।

अचानक एक बात ने उस लड़की में विश्वास जगा दिया। जब सोफ़े पर जल्दी से टेलीफ़ोन उठाने के लिए की गयी एक भंगिमा में आदमी के ट्वीड की जैकेट का फटा हुआ अस्तर उसे नज़र आ गया। और उसके भारी भरकम जूते जिनमें से एक में फीता तक नहीं था।

~

उन लोगों ने फ़्लैट के एकदम भीतर, रसोईघर में खाना खाया। लेकिन कुछ ख़ास नहीं था खाने के लिए। उसके बाद वे लोग बैठक में वापस आ गये।

''आप सोने के लिए यहीं रुकेंगी।''

वह उसे बगल वाले कमरे में ले गया। फ़ानूस की चटक तेज़ रोशनी में नक्काशीदार लकड़ी से बना एक बड़े सिरहाने वाला पलंग जिस पर रेशमी मंडप लगा था।

''यह मेरी माँ का कमरा था...''

उसने ग़ौर किया कि लड़की इस भव्य पलंग और इस कमरे को देखकर दंग थी, जो बैठक की ही भाँति विशालकाय था।

''वे अब यहाँ नहीं रहतीं?''

''उनका देहान्त हो गया है।''

इस जवाब की निष्ठुरता ने उसे क्षुब्ध कर दिया। वह उसे देख कर मुस्कराया।

"काफ़ी अरसा गुज़र गया है मुझे माँ-बाप के बिना।"

वह कमरे में चहलकदमी कर रहा था जैसे कि जगह की तफ़्तीश कर रहा हो।

"मुझे लग रहा है कि आपको यहाँ पर ज़्यादा अच्छा नहीं लगेगा... इससे अच्छा होगा कि आप किताबों वाले कमरे में सोयें..."

उसने सिर झुकाया हुआ था और उसके बगैर फीते वाले मोटे से जूते से नज़रें नहीं हटा पा रही थी जो इस सिरहाने वाले भव्य पलंग, झाड़फ़ानूस, नक़्क़ाशी और रेशम के साथ कितना बेमेल लग रहा था।

~

गलियारे के बाद, किताबों से ढकी दीवारों वाला कमरा जिसमें से वे अभी गुज़रे थे, वहाँ पर आदमी ने एक दीवान की तरफ़ इशारा किया :

"आपके लिए मुझे चादरें लानी होंगी।"

गुलाबीपन लिये हुए महीन बादामी रंग की क्रोशिये की किनारी वाली चादरें। वह स्कॉटिश ऊन से बनी एक ओढ़ने की चादर और एक छोटा सा तकिया भी लाया था, जिस पर ग़िलाफ़ नहीं था।

"सिर्फ़ यही मिला मुझे।"

लग रहा था कि वह माफ़ी माँग रहा था।

लड़की ने बिस्तर लगाने में उसकी सहायता की।

"उम्मीद है कि आपको ठंड नहीं लगेगी..."

वह दीवान के एक छोर पर बैठ गयी थी और आदमी किताबघर के कोने में, चमड़े की पुरानी कुर्सी पर बैठ गया।

"अच्छा, तो आप नृत्यांगना हैं?"

उसे विश्वास होता नहीं लग रहा था। वह अजीब सी व्यंग्यपूर्ण नज़रों से देख रहा था उसको।

"जी। *शातले* में नृत्यांगना हूँ। मैं *वाल्ज़ द वियेन* के समूह-नर्त्तकों में से एक थी।"

उसने अहंकार से कहा।

"मैं *शातले* कभी नहीं गया... लेकिन आपको देखने के लिए आऊँगा..."

"बदक़िस्मती से मुझे मालूम नहीं है कि मैं वहाँ काम कर पाऊँगी या नहीं..."

"क्यों?"

"क्योंकि हम लोग बड़ी मुसीबत में हैं, मेरे पिता और मैं।"

~

वह उस आदमी के साथ अपनी अंतरंग स्थितियाँ साझा करने में संकोच कर रही थी, लेकिन ट्वीड के जैकेट का उधड़ा हुआ अस्तर और बग़ैर फीते वाले जूते ने उसका हौसला बढ़ा दिया था। इसके अलावा, उसका बातचीत में अशिष्ट भाषा का प्रयोग, इस घर की विशिष्टता और भव्यता के मुताबिक नहीं था। इस हद तक कि वह सोच में पड़ गयी थी कि क्या वह वाक़ई वहाँ रहता था। लेकिन किताबों की अलमारी की एक ताक़ पर, एक तस्वीर में वह नज़र आ रहा था, बहुत ही कम उम्र का, एक बेहद सुसंस्कृत महिला के साथ, जो ज़रूर उसकी माँ रही होंगी।

उसकी रात चैन से बीते इसकी कामना करते हुए आदमी ने उससे रुख़सत ली और कहा कि अगली सुबह नाश्ते पर वह असली कॉफ़ी पी सकेगी। अब वह इस कमरे में अकेली है, ख़ुद को इस दीवान पर पा कर दंग है। उसने बत्ती नहीं बुझायी। अगर उसे महसूस होगा कि नींद आ रही है, वह इसे बुझा

देगी पर तुरन्त नहीं। उसे अंधेरे से डर लग रहा है, अट्ठारहवीं तहसील में लगे कर्फ़्यू की वजह से, यह अंधकार जो उसके मन में अपने पिता और *ओरनानो मार्ग* स्थित होटल की स्मृति जगा रहा है। कितना सुखकर है किताबों से सजी इन ताक़ों को निहारना, नीची गोल मेज़ पर दूधिया रोशनी वाला लैम्प, रेशमी पर्दे, खिड़की के पास लुईस पंद्रह शैली की विशालकाय काम करने वाली मेज़, और महीन रेशमी चादरों की शीतलता और भारहीनता के स्पर्श का एहसास... उसने इस आदमी को सच्चाई नहीं बतायी। पहले तो, उसने उन्नीस साल की होने का दावा किया। फिर वास्तव में वह *शातले* की नृत्यांगना नहीं थी। इसके बाद, उसने इस आदमी को बताया था कि उसके पिता ऑस्ट्रिया में डॉक्टर थे जो युद्ध से पहले फ्राँस में बस गये थे और वे *ओतई* के एक क्लिनिक में काम करते थे। वह समस्या की जड़ तक नहीं गयी थी। उसने यह भी बताया कि वे दोनों होटल में अस्थायी रूप से रह रहे थे क्योंकि उसके पिता एक नया फ्लैट ढूँढ रहे थे। उसने उसके सामने यह भी स्वीकार नहीं किया कि उसने जानबूझ कर कर्फ़्यू का समय निकल जाने दिया ताकि उसे *ओरनानो मार्ग* वापस न जाना पड़े। किसी और वक्त में उसकी इस हरकत को इतना महत्त्व नहीं दिया जाता, उसकी उम्र की किसी लड़की के लिए यह आम बात मानी जाती और लोग इसे महज़ घर से भाग जाना कहते।

~

अगले दिन भी, वह *ओरनानो मार्ग* स्थित होटल वापस नहीं लौटी। उसने *मोंमार्त्र* 33–83 नम्बर पर फिर से फ़ोन किया। डॉक्टर तेरसेन की पुत्री की तरफ़ से। डॉक्टर के लिए एक संदेश छोड़ना ज़रूरी था "आप उनसे कह दीजियेगा कि वे फ़िक्र न करें।" लेकिन होटल के कैफ़े का मालिक, जिसकी आवाज़ इनग्रीद पहचान गयी थी, उसने जवाब दिया कि उसके पिता इस टेलीफ़ोन कॉल की प्रतीक्षा कर रहे थे और वह उनके कमरे तक उन्हें देखने जा रहा है। इसलिए तब उसने टेलीफ़ोन काट दिया।

एक और दिन गुज़र गया। फिर एक और। अब वे, वह और रीगो, फ्लैट से बाहर नहीं निकलते थे, चोर बाज़ार के किसी रेस्तराँ में रात का भोजन

करने के सिवाय, *आरमाइये मार्ग* के एकदम पास। उन्होंने *शाँज़ एलिज़े* के एक सिनेमाघर में एक शो देखा। फ़िल्म थी : *रमोर्क*। कुछ और दिन गुज़र गये और *मोंमार्त्र* 33–83 पर उसने फिर फ़ोन नहीं किया। दिसम्बर का महीना था। सर्दियाँ शुरू हो रही थीं। कुछ ताज़े हमले हो गये थे और इस बार कर्फ़्यू एक सप्ताह तक शाम के साढ़े पाँच बजे से लगता था। समूचा शहर अंधेरे, ठंड और निस्तब्धता में डूब जाता था। जो जहाँ था उसे वहीं घुड़-मुड़ जाना पड़ता था, कम से कम हिले-डुले हुए इंतज़ार करते रहना होता था। वह रीगो को छोड़ना नहीं चाहती थी और *ओरनानो मार्ग* उसे इतना दूर जान पड़ता था...

~

कर्फ़्यू वाले सप्ताह का अंत होने पर रीगो ने उसे साफ़ बताया कि उसे इस फ़्लैट को छोड़ना पड़ रहा है क्योंकि इस मकान को बेचा जाना है। यह किसी यहूदी का मकान था जिसने परदेस में शरण ले रखी थी और जिसकी सारी जायदाद-संपत्ति जब्त कर ली गयी थी। लेकिन *वैंसेन* चिड़ियाघर के पास, उसने कोई और फ़्लैट खोज लिया था और अगर चाहे तो वह उसे वहाँ पर अपने साथ ले जा सकता है।

~

एक दिन शाम को, *आरमाइये मार्ग* के रेस्तराँ पर, वे उस आदमी के साथ रात का भोजन कर रहे थे जिसके बाल सुनहरे थे, आँखों में दाग़ था और जो हल्के स्लेटी रंग का सूट पहनता था। इनग्रीद को उसके प्रति एक सहज घृणा व अविश्वास के भाव की अनुभूति हुई। हालाँकि उसका व्यवहार इतना दोस्ताना था और वह इनग्रीद से *शातले* के बारे में सवाल पूछता रहा जहाँ की नर्त्तकी होने का उसने दावा किया था। वह रीगो को तुम कहकर संबोधित कर रहा था। उन दोनों की जान-पहचान तब से थी जब वे बच्चे थे, *पास्सी* के बोर्डिंग स्कूल की प्रारंभिक कक्षाओं से और वह अपने जीवन के उस दौर की यादों को और देर तक कुरेदता रहता अगर रीगो ने रूखी आवाज़ में उसे

टोक न दिया होता :

"अब इसके बारे में बात नहीं करेंगे... बुरी स्मृतियाँ हैं..."

सुनहरे बालों वाला, चोर बाज़ार में सट्टों की बदौलत बहुत पैसे कमाता था। उसने एक रूसी के साथ रिश्ते बना लिए थे जिसने *ओश मार्ग* की एक हवेली में अपना दफ़्तर बनाया था और रीगो का परिचय दर्जनों और लोगों के साथ करवाया होगा।

"कोई ज़रूरत नहीं है इसकी," रीगो ने कहा। "मेरा पेरिस छोड़ने का इरादा है... "

और फिर बातचीत का रुख़ फ्लैट पर जा ठहरा। सुनहरे बालों वाले ने रीगो के प्रस्थान से पहले सारे फ़र्नीचर और कलाकृतियाँ ख़रीदने का प्रस्ताव दिया। उसने अपने कुछ जान-पहचान वालों से, जिनके लिए वह बिचौलिया होगा, उनसे इस बारे में बात की थी। उसे पुराने साज़सामानों के जानकार होने का दंभ था। वह फ़ैशनपरस्त रईस होने का स्वाँग भरता था और नकली उदासीनता भरे स्वर में जतलाता था कि उसके पूर्वज *मारेशाल* साम्राज्य के थे। रीगो सादगी से उसे पाशेको पुकारता था। जब उसका परिचय इनग्रीद से करवाया गया था तब उसने हल्के से सिर झुका कर कहा था : फ़िलिप द पाशेको।

~

अगले दिन दोपहर को, किसी ने फ़्लैट के दरवाज़े की घंटी बजायी। फ़र के जैकेट में इस नवयुवक ने बतलाया कि वह पाशेको की ओर से आया है, एक मालवाहक गाड़ी और कुछ ढुलाई मज़दूरों के साथ। उसने बग़ैर इजाज़त लोहे के ग्रिल वाला गेट खोलकर गाड़ी को आँगन में लगा दिया था, जैसे किसी को उससे असुविधा न हो रही हो। जितनी देर मजदूरों ने फ़र्नीचर इकट्ठा करना शुरू किया, इनग्रीद और रीगो ने बैठक के दूसरे कोने में पनाह ले ली, जाड़े के बग़ीचे की तरफ़। परन्तु कुछ वक़्त बीतते ही, उन्होंने बाहर निकल जाना मुनासिब समझा। सोपान के आगे, सामने तिरपाल लगा एक ट्रक प्रतीक्षारत था।

वे *वाग्राम एवेन्यू* पर चलते रहे जो हल्के ढाल से नीचे उतरता है। फुटपाथ पर बर्फ़ पिघल चुकी थी और बादलों के पीछे से जाड़े की फीकी धूप झाँक रही थी। रीगो ने उसे समझाया कि उस शाम पाशेको उसे सामान की बिक्री से मिले हुए पैसे देने वाला था और वे तुरन्त नये फ़्लैट में जाकर रह पायेंगे। इनग्रीद ने उससे पूछा कि वह इस जगह को छोड़ने के ख़याल से दुखी तो नहीं था। नहीं। उसे कोई अफ़सोस नहीं था और यहाँ तक कि यहाँ नहीं रहने का ख़याल उसे बेफ़िक्र कर गया था।

वे *तेर्न* चौक पर पहुँच गये थे। अचानक, उसे महसूस हुआ जैसे चक्कर आ रहा हो : सीधे चलते हुए *मोंमार्त्र* तक जाना और *ओरनानो मार्ग* के होटल में लौटना, उस दिन शाम को कर्फ़्यू वाले क्षेत्र से दूर जाने के लिए जो रास्ता उसने लिया था उसी रास्ते पर विपरीत जाना। वह एक बेंच पर बैठ गयी। फिर से, घबराहट भरी कँपकपी उस पर हावी हो गयी थी।

''क्या हो गया तुम्हें?''

''कुछ नहीं। ठीक हो जाएगा।''

वे वापस घूम गये। रीगो ने उसका कंधा ज़ोर से पकड़ा और *वाग्राम एवेन्यू* से चढ़ते हुए एत्वाल चौक तक पहुँचने पर आहिस्ता-आहिस्ता वह आश्वस्त हो गयी।

~

इमारत की सीढ़ियों के सामने अब उस ट्रक के बग़ल में एक और तिरपाल वाला ट्रक लगा हुआ था। लुईस पंद्रह शैली वाली मेज़, एक कन्सोल और एक फ़ानूस चढ़ाने के लिए कई लोग लगे हुए थे। फ़र वाली जैकेट में वह नवयुवक मजदूरों की आवाजाही की निगरानी कर रहा था।

''आपको अभी और बहुत समय लगेगा?'' रीगो ने पूछा।

जवाब में वह भुनभुनाया :

"नहीं... नहीं... हम लोग लगभग पूरा कर चुके हैं... हम सारा बेचने का सामान ज़्यादा दूर नहीं ले जा रहे हैं...*औश एवेन्यू...*"

यह निस्संदेह वह हवेली थी जिसका इशारा रीगो ने दिया था और जहाँ पर रूसी ने अपना दफ्तर बनाया था।

"वहाँ पर हैं. घरेलू सामान..."

वह डगमगाते हुए चल रहा था और उदासीनता से उन्हें देख रहा था।

स्टडी रूम में, ताक़ों पर सिर्फ़ किताबें रह गयी थीं। उन्होंने पर्दे तक निकाल लिए थे। विशाल बैठक में अब कोई मेज़-कुर्सी नहीं थी, फ़ानूस उतार लिए गये थे और उन्होंने क़ालीन लपेटना पूरा कर लिया था। सिर्फ़ पेंटिंग्स अपनी जगह पर थीं। दोनों के दोनों, बैठक के बगल में शृंगारकक्ष में बंद हो गये, जहाँ से वे दीवान उठाना भूल गये थे।

~

शाम को सात बजे के करीब, पाशेको ने दर्शन दिये, तक़रीबन पचास वर्ष के चाँदी जैसे बालों वाले एक और मोटे चेहरे वाले आदमी के साथ, जिसने भेड़ के चमड़े का फ़रकोट पहन रखा था। उसने उसका परिचय इनग्रीद और रीगो से किसी नवाब के नाम से करवाया। यही व्यक्ति कलाकृतियों में रुचि रखता था। वह उनका मुआयना करना चाहता था ताकि उनमें से कुछ चुन सके या भरसक सारे ही ले ले। फ़रकोट वाला नवयुवक भी साथ में आ गया था और लग रहा था कि वह नवाब को बहुत अच्छी तरह से जानता था क्योंकि उसने उससे दबी आवाज़ में कहा था :

"आप माल देखने आ रहे हैं?"

बैठक में नवाब, जिसने भेड़ के चमड़े वाला कोट उतारा नहीं था, एक के बाद एक पेंटिंग्स का निरीक्षण कर रहा था। फ़रकोट में छोटे क़द वाला युवक उसके पीछे खड़ा था और हर गुज़रते पल के साथ कह रहा था :

"हम उतारें?"

और नवाब के सिर हिला कर हामी भरने पर, वे कलाकृतियाँ उतारने लगे और ज़मीन पर दीवार से टिका कर रखने लगे। इस निरीक्षण के अंत तक सभी पेंटिंग्स उतार ली गयी थीं। रीगो और इनग्रीद अलग ही रहे। नवाब पाशेको की तरफ़ मुड़ा :

"आपके मित्र अभी भी हमारी तय की हुई क़ीमत पर तैयार हैं?"

"जी, अभी तक।"

रीगो उनकी बातचीत में शामिल होने के लिए मजबूर था। नवाब ने उससे कहा :

"मैं सारी कलाकृतियाँ ले रहा हूँ, मैं फ़र्नीचर भी ख़ुशी-ख़ुशी ख़रीद लेता, लेकिन मुझे उसकी ज़रूरत नहीं है।"

"हमने उसके लिए पहले से ही ग्राहक ढूँढ लिया है," पाशेको ने कहा।

रीगो, बग़ैर ज़ाहिर किये, उन लोगों से दूर हट गया। इनग्रीद वहीं, बैठक की दहलीज़ पर, दरवाज़े के बिल्कुल पास खड़ी रही। वे उसके नज़दीक आ रहे थे। ये तीनों आदमी वहाँ ख़ाली कमरे के बीचोंबीच कुछ चिंतन-मनन कर रहे थे, एक भेड़ के चमड़े से बने कोट में, जो उतना ही नया लग रहा था जितना उसका नवाबीपन। पाशेको बरसाती पहने कॉलर खड़ी किये हुए और सबसे जवान अपनी फ़र की जैकेट में। वे डाकुओं के माफ़िक नज़र आ रहे थे जिन्होंने अभी-अभी अपना काम निपटाया हो, लेकिन जिन्हें किसी बात का डर नहीं है और जो वारदात की जगह पर देर तक रह सकते हैं। एक बल्ब से रोशनी बिखर रही थी, बिजली के तार से जुड़ा हुआ, जो फ़ानूस की जगह पर लटक रहा था।

~

नवाब और छोटे कद वाला युवक सबसे पहले फ़्लैट से निकले और सीढ़ियाँ

उतरनी शुरू कर दीं। पाशेको ने रीगो को गत्ते से बना जूतों का एक डिब्बा थमाया :

"लो...तुम गिन लेना कि इसमें हिसाब पूरा है या नहीं...आपलोग बाहर के दरवाज़े तक हमारे साथ चल रहे हैं?"

रीगो जूते का डिब्बा हाथों में लिये, सीढ़ी में इनग्रीद से आगे उतरने लगा। सबके सब इमारत के सामने की सीढ़ियों पर इकट्ठे हो गये। अंधेरा हो गया था और महीन-महीन बर्फ़ गिर रही थी। बड़ा वाला तिरपाल से ढका ट्रक खड़खड़ करता चालू हुआ और सड़क पर, *तिलसित मार्ग* पर निकलने में उसे थोड़ी कठिनाई हुई। फिर दूसरा ट्रक उसके पीछे-पीछे चला।

"हो सके तो हम लोग रात का खाना इकट्ठे खा लें," पाशेको ने प्रस्ताव रखा।

रीगो ने सिर हिला कर सहमति जतायी। इनग्रीद दूर खड़ी रही।

"मैं आपको न्यौता दे रहा हूँ," नवाब ने कहा।

"उस दिन शाम वाले रेस्तराँ में चलें?" पाशेको बोला।

"कहाँ पर था?" नवाब ने पूछा।

"*आरमाइर्य मार्ग* पर। *शे म्वात्री* (रेस्तराँ का नाम)।

"अच्छा ख़याल है," नवाब ने कहा। फिर वह रीगो की ओर मुड़ते हुए बोला :

"ऐसा लग रहा है कि यह इमारत ज़ब्त की जा चुकी है और इसको ख़रीदा जा सकता है। मैं चाहूँगा कि आप इसके बारे में मुझको जानकारी दें।"

फ़रकोट में छोटे क़द वाला युवक, एक अंगरक्षक की भूमिका में नवाब के बगल में ही था। अब बर्फ़ का गिरना तेज़ हो गया था।

"*शे म्वात्री* पर एक घंटे में मिलते हैं फिर," रीगो ने कहा। "मुझे आख़िरी बार एक नज़र डालनी होगी, वहाँ ऊपर।"

वह सीढ़ियों पर इनग्रीद के साथ हो लिया। दोनों, उन लोगों को आँगन पार करते और लोहे के गेट से निकलते, देखते रहे। ड्राइवर जैसी भंगिमा बनाते हुए, फ़रकोट में छोटे कद वाले युवक ने काली मोटरकार का दरवाज़ा खोला जो वहाँ पर लगी हुई थी।

नवाब उसमें सवार हो गया। हिमपात और तेज़ होता जा रहा था और मोटरकार *तिलसित मार्ग* के मोड़ पर ओझल हो गयी।

~

रीगो बैठक में एक ट्रैवल बैग लेकर आ गया था। छत से लटकते हुए बल्ब की चटकीली रोशनी में, उसने उस बैग में कुछ स्वेटर, एक पतलून और बैंक के नोटों से भरा जूते का डिब्बा रखा जो उसको पाशेको ने दिया था। इनग्रीद के कपड़े तो थे ही नहीं सिवाय उनके जो उसने पहन रखे थे। उसने बैग को बंद किया।

''उनके साथ खाने पर जाना पड़ेगा? इनग्रीद ने पूछा।

''नहीं...नहीं...ऐसे लोगों पर मैं भरोसा नहीं करता...''

उसने चैन की साँस ली। वह भी उन लोगों की संगत में सहज महसूस नहीं कर रही थी।

''हम लोग तुरन्त दूसरे वाले फ़्लैट में जा रहे हैं...''

बैठक से निकल कर जाते हुए उसने बत्ती नहीं बुझायी। फ़्लैट का मुख्य दरवाज़ा बन्द करते समय, इनग्रीद से, जो बाहर खड़ी थी, कहा :

''मेरे लिए ठहरना एक मिनट के लिए...''

वह जल्दी ही वापस आ गया, स्की का एक जोड़ा और मोटे बड़े जूते लिए हुए जिन्हें उसने बैग में संभाल कर रख दिया।

''ये यादगार हैं...''

सीढ़ी में, दोनों बैग का एक-एक हैंडल पकड़े हुए थे। रीगो ने स्की का जोड़ा अपने कंधों पर ले रखा था।

~

बर्फ़ अभी भी गिर रही थी। फुटपाथ पर एक उजली तह जम गयी थी जो अंधेरे में चमक रही थी। चौक सुनसान था और बर्फ़ में उनके पाँव एड़ियों तक धँस रहे थे। *आर्क द त्रियोम्फ़* चाँदनी में साफ़-साफ़ अलग से नज़र आ रहा था।

"अफ़सोस कि तुम्हारे पास एक स्की का जोड़ा नहीं है," रीगो ने कहा। "हम लोग वहाँ तक स्की करते हुए जा सकते थे..."

वे मेट्रो स्टेशन की सीढ़ियाँ उतरे। बोगी में, उस शाम से कम भीड़ थी, *शातले* और *बार्बेस-रोशशुआर* के बीच। इनग्रीद दरवाज़े के पास की पटरी पर बैठी थी और बैग को अपने घुटनों पर रखा हुआ था। रीगो खड़ा था क्योंकि उसने हाथ में स्की की छड़ियाँ पकड़ रखी थीं। अन्य यात्री उसको कौतूहल से देख रहे थे। और उसने रास्ते में आने वाले मेट्रो स्टेशनों पर ध्यान देना बन्द कर दिया...*मारबफ़, काँकॉर्द, पाले रौयाल, लूव्र*...उसने स्की को अपने कंधे पर दबा रखा था और फिर से केबल-कार में होने की कल्पना कर रहा था, पिछले साल की तरह, जो उसे *रौशब्रयून* के बिल्कुल ऊपर तक ले गयी थी।

~

मेट्रो *नासियों* स्टेशन पर रुकी। वह और आगे दूर तक नहीं जाती थी। रीगो और इनग्रीद ने *बास्तीय स्टेशन* निकल जाने दिया था जहाँ से उन्हें *पोर्त्त-द-ओरे* के लिए दूसरी ट्रेन पकड़नी थी।

मेट्रो के निकास द्वार से, वे एक बर्फ़ के मैदान पर निकल आये। इस मोहल्ले को दोनों में से कोई नहीं जानता था। क्या पता कोई ऐसी सड़क हो जिसकी बदौलत *सूल्ट मार्ग* के 20 नम्बर तक ज़्यादा जल्दी पहुँचा जा सके?

उन्होंने उस रास्ते पर चलने का निश्चय किया, जो ज़्यादा भरोसेमन्द था : *ल कूर द वैंसेन्न*।

वे इमारतों की दीवार से चिपक कर चल रहे थे, वहाँ पर जहाँ बर्फ़ ज़्यादा गहरी नहीं थी। रीगो ने अपने स्की को कंधे पर ले रखा था और बाँये हाथ से, बैग पकड़ा हुआ था। इनग्रीद ने अपने हाथ कोट की जेब में रखे थे क्योंकि उसे ठंड लग रही थी।

उन्होंने फुटपाथ पर एक काले घोड़े से बंधी एक स्लेजगाड़ी गुज़रते हुए देखी। वीरानापन, पूर्णिमा का चाँद और दमकती बर्फ़ शायद मृगमरीचिकाओं सा आभास दे रही थी। स्लेजगाड़ी शव वाहन की गति से धीरे-धीरे बढ़ रही थी। रीगो ने अपनी स्की ज़मीन पर रखी और और गाड़ीवाले को आवाज़ लगाता हुआ दौड़ पड़ा। उसने घोड़ों को रोक दिया।

वह उन्हें 20 नम्बर, *सूल्ट मार्ग* तक ले जाने के लिए तैयार हो गया। आमतौर पर वह बग्घी चलाता था लेकिन पंद्रह दिनों से जबकि पेरिस बर्फ़ के नीचे दफ़न हो गया था, वह इस स्लेजगाड़ी का इस्तेमाल कर रहा था जो उसने भाड़े पर खोज निकाली थी, *सैं-मांदे* में, अपने घर के पास। उसने एक मोटा सा फ़रकोट पहना हुआ था और मछुआरे वाली टोपी।

वे *कूर द वैंसेन्न* के रास्ते पर फिसलने लगे। रीगो के स्की स्लेजगाड़ी के पीछे टिका दिये गये हैं। गाड़ीवान, बाँह के एक झटके से, घोड़े पर चाबुक चला रहा है, घोड़ा चलने लगता है। लेकिन जैसे-जैसे वे *पोर्त्त द वैंसेन्न* के करीब पहुँच रहे हैं उसकी टाप तेज़ हो रही है। उन्हें पता नहीं चल पा रहा है कि वे किस शहर में हैं और कौन से गाँव पार कर रहे हैं। स्लेजगाड़ी *सूल्ट मार्ग* तक पहुँचने के लिए सँकरी गलियों के छोटे रास्तों से निकल रही है। मध्यरात्रि में यह एक सुनसान और ख़ामोश पहाड़ का गाँव है। इनग्रीद रीगो के कंधे में दुबक गयी है।

दिन चढ़ने पर मैंने अपना होटल वाला कमरा छोड़ दिया, आन्नेत की तरफ़ से तब तक कोई पैग़ाम नहीं आया था, और मैं फ़्लैट में वापस आ गया। मैंने पीली चाभी ताले में लगाई, मुझको दरवाज़ा खोलने में मुश्किल पेश आई।

मैंने चौकीदार को, जो एकदम अंदर वाले कमरे में बिस्तर पर चादर बिछा रहा था, उसे चौंका दिया।

''तकलीफ़ करने की ज़रूरत नहीं है,'' मैंने उससे कहा। ''मैं ख़ुद ही कर लूँगा।''

वह सीधा हो गया।

''लेकिन यह बड़ी मामूली चीज़ है जनाब। आप यहाँ पर डेरा डालने वाले थोड़े हैं?''

वह मुझको शिकायत भरी नज़रों से देख रहा था।

''और आज दोपहर में, मैं झाड़-पोंछ कर दूँगा। यहाँ पर धूल बहुत ज़्यादा है...''

''ऐसा लगता है आपको ?''

यह धूल इनग्रीद और रीगो के जाने के बाद से जमी हुई थी, मैंने गुज़रे बरस गिनने की कोशिश की।

''मैं आपको स्की के इस जोड़े और इन पुराने जूतों से छुटकारा दिलवा देता हूँ जो अलमारी में पड़े हैं...''

''नहीं। उनका अपनी जगह पर रहना ज़रूरी है।''

मेरी ज़िद पर उसे आश्चर्य हुआ।

''कल्पना कीजिये कि रीगो वापस लौट आये और उसे अपने स्की न मिलें...''

उसने कंधे उचकाये।

''वह अब नहीं आएगा।''

मैंने चादर खोंसने में उसकी मदद की। हमें दोनों बिस्तरों को अलग करना पड़ा जो एक दूसरे से चिपके हुए थे।

''टेलीफ़ोन की लाइन, वे लोग सप्ताह की शुरुआत में चालू कर देंगे,'' उसने मुझसे कहा। ''और बिजली आज दोपहर में।''

सो, सब कुछ बेहतरी के लिए था। मैं आन्नेत को फ़ोन करूँगा और उससे कहूँगा कि यहाँ मेरे पास आ जाये। हम दोनों इस फ्लैट में रहेंगे। शुरू में वह चकित हो जाएगी, पर आख़िर में उसको समझ में आ जाएगा, जैसे तब उसने अच्छी तरह सब-कुछ समझ लिया था जब हमारी जान-पहचान हुई थी।

~

हम लोग *सूल्ट मार्ग* पर निकल आये और पेट्रोल पम्प तक चल कर गये। नीले चोग़े वाले अरब ने मुझसे हाथ मिलाया।

''मैं तुमको रखवाली का ज़िम्मा देता हूँ,'' उसने चौकीदार से कहा।

''आप थोड़ी देर के लिए मेरे साथ रहेंगे?''

''ख़ुशी से।''

हम लोग कुर्सियों पर बैठ गये, पेट्रोल पम्प के पास। हम धूप में थे। जो पिछले दिनों की तरह प्रचण्ड नहीं थी बल्कि नारंगी किरणों की एक मुलायम सी गरमाहट में हमको लपेटे हुए थी।

"शरद ऋतु की शुरुआत हो चुकी है," चौकीदार बोला। वह मुझे पेड़ के तने को घेरे हुए लोहे की जाली पर कुछ सूखे पत्ते दिखा रहा था।

"आपके फ़्लैट के रेडियेटर की भी जाँच करनी होगी मुझे। नहीं तो, इन सर्दियों में गर्म रखने का सही इंतजाम नहीं होगा।"

"हमारे पास वक़्त है," मैंने कहा।

"इतना भी नहीं...समय बीतने का पता नहीं चलता, जल्दी बीत जाता है...सितम्बर के बाद से, दिन छोटे होने लगते हैं..."

"मुझे मालूम नहीं है कि मैं इस जाड़े में यहाँ पर रहूँगा या नहीं।"

हाँ, अचानक जाड़ों के मौसम में इस मोहल्ले में रहने के ख़याल से मेरा कलेजा काँप गया।

गर्मियों में, आप अन्य लोगों की तरह सिर्फ़ एक सैलानी होते हैं, उस शहर में, जो ख़ुद भी छुट्टी पर रहता है। आप किसी चीज़ के लिए प्रतिबद्ध नहीं होते। लेकिन जाड़ों में... और यह ख़याल कि आन्नेत *पोर्त्त-द-ओरे* की मेरी ज़िन्दगी में शरीक होगी, मेरे दिल को किसी तरह का आराम नहीं पहुँचा रहा था। मालिक जानता होगा, कहाँ और कैसे मैं जाड़े के दिन बिताऊँगा?

"आपको कोई चिंता सता रही है?" मुझसे चौकीदार ने पूछा।

"नहीं।"

वह अपनी कुर्सी से उठ गया।

"मैं रात के खाने के लिए कुछ सौदा लेने जा रहा हूँ। आप यहीं पर रुक सकते हैं? यदि किसी भी समय, किसी ग्राहक को पेट्रोल चाहिए हो तो, आप पम्प चलाना जानते हैं?"

"उसके लिए किसी विशेष योग्यता की ज़रूरत तो नहीं होगी?" मैंने उससे कहा।

~

एक समुद्री नीले रंग की पुरानी अंग्रेज़ी मोटरकार कुछ देर से सर्विस स्टेशन से थोड़ा आगे, सामने वाली फुटपाथ पर रुकी हुई थी। आन्नेत की गाड़ी पहचानने में कोई शक नहीं हुआ। यह निश्चित रूप से आन्नेत की ही गाड़ी थी। लेकिन गाड़ी चलाने वाले को मैं देख नहीं पा रहा था।

सुनसान सड़क पर गाड़ी पूरी तरह घूम कर उल्टी वापस मुड़ी और वह सर्विस स्टेशन के आगे आकर ठहर गयी। बेन स्मीडान। उसने खिड़की का शीशा नीचे सरका कर, सिर बाहर निकाला।

''ज्याँ... मुझे बहुत वक्त लगा आपको ढूँढने में... मैं दस मिनट से आपको गौर से देख रहा था अच्छी तरह पक्का करने के लिए कि यह आप ही है...''

मुझको देखते हुए चेहरे पर एक तनी हुई मुस्कुराहट थी।

''टंकी पूरी भर दूँ?'' मैंने उससे पूछा।

और उसको जवाब देने का वक़्त दिये बिना ही, मैंने पम्प से पाइप उतारा और गाड़ी की टंकी भरनी शुरू कर दी।

''तो आपने एक नया पेशा खोज लिया है?''

वह मज़ाकिया अंदाज़ अपना रहा था लेकिन अपनी बेचैनी छिपाने में सफल नहीं हो रहा था। वह गाड़ी से बाहर निकला और मेरे सामने आकर खड़ा हो गया।

''मैं आन्नेत की तरफ़ से आया हूँ... आपको उसकी तरफ़ एक क़दम बढ़ाना चाहिए, ज्याँ...''

मैंने धीरे से पेट्रोल का पाइप टाँगा।

''वह आपकी बहुत फ़िक्र करती है।''

''वह सिरे से ग़लत है।''

''वह आपको टेलीफ़ोन नहीं करना चाहती थी क्योंकि उसे डर था...''

''किस बात का डर?''

यंत्रवत् मैं गाड़ी के सामने का शीशा, एक कपड़े से साफ़ करता रहा, जो मुझको पेट्रोल पम्प पर मिला था।

"उसे डर है कि आप उसे किसी ऐसे प्रसंग में न लपेट लें जिससे निकलने का कोई रास्ता न हो...उसकी अपनी शर्तें हैं ये...वह आपसे मिलने के लिए यहाँ नहीं आना चाहती है...उसने मुझसे कहा कि अब वह बीस साल की नहीं रही..."

~

वहाँ, फुटपाथ पर, चौकीदार धीरे-धीरे हमारी तरफ़ बढ़ रहा था, हाथ में सौदे वाला झोला था। मैंने उससे बेन स्मीडान का परिचय करवाया। उसके बाद बेन गाड़ी में बैठ गया और मुझको अपने बग़ल में बैठ जाने का इशारा किया। उसने मोटरकार चालू की। गाड़ी में आन्नेत की ख़ुशबू तैर रही थी।

"कितनी सीधी-सादी बात होगी अगर मैं आपको अभी आपकी बीवी से मिलाने ले चलूँ।"

हम *पोर्त-द-ओरे* की दिशा में, मंथर गति से चल रहे थे।

"तुरन्त नहीं," मैंने उससे कहा। "मुझे कुछ और दिनों तक यहाँ पर रहना पड़ेगा।"

"क्यों?"

"अपने संस्मरण पूरे करने के लिए वक़्त चाहिए।"

"आप अपने संस्मरण लिख रहे हैं?"

"वास्तव में, संस्मरण नहीं हैं," मैंने उससे कहा। "पर कमोबेश।"

हम लोग फ़व्वारा चौक पर पहुँच गये थे और प्राचीन औपनिवेशिक संग्रहालय के किनारे से निकल रहे थे।

"काफ़ी अरसे से, मैंने कुछ टिप्पणियाँ इकट्ठी कर रखी थीं और अब

मैं उन्हें एक किताब की शक्ल देने कोशिश कर रहा हूँ।"

"क्या यह किताब आप अपने घर, *सीते वेरों* पर, आन्नेत के साथ नहीं लिख सकते?"

"मुझको एक ख़ास माहौल चाहिए..."

लेकिन असल में, उसे सफ़ाइयाँ देने का मन नहीं था मेरा।

"सुनिये, ज्याँ... कल मैं हिन्द महासागर के लिए प्रस्थान कर जाऊँगा... वहाँ पर मैं महीनों तक रहूँगा... अब मैं आपके और आन्नेत के लिए बिचौलिये का काम नहीं कर पाऊँगा... अगर आप हमेशा के लिए सारे रास्ते बंद कर लेंगे तब यह वाक़ई बड़े अफ़सोस की बात होगी..."

"आप किस्मतवाले हैं कि आपकी उम्र अभी भी यात्राओं पर जाने की है।"

यह बात यूँ ही मेरे मुँह से निकल गयी थी। मैं भी जाना चाहता था, बजाय इसके कि गोल-गोल इस शहर के बाहरी इलाकों में घूमता रहूँ, एक ऐसे व्यक्ति की तरह जो आपात द्वार ढूँढ नहीं पा रहा हो। मैं अक्सर एक ही सपना देखता हूँ : मैं एक तैरते डॉक पर से कूदने के लिए तैयार हूँ, पैरों में पानी वाला स्की पहने, मैं कमरबंद पेटी कस रहा हूँ और इंतज़ार कर रहा हूँ कि जहाज़ का इंजन चालू हो और मुझको पूरी गति से पानी की सतह पर पहुँचा दे। लेकिन वह चालू ही नहीं होता।

उसने मुझे होटल के प्रवेशद्वार के आगे छोड़ा।

"ज्याँ, आप उसे जल्दी से जल्दी फ़ोन करने का वादा कर रहे हैं मुझसे?"

"जैसे ही फ़्लैट की लाइन दुरुस्त हो जाएगी।"

उसे मेरा जवाब बहुत अच्छी तरह समझ में नहीं आया।

"और आप," मैंने उससे कहा, "आपकी हिन्द महासागर में ख़ज़ाने की तलाश सफल हो, इसकी कामना करता हूँ।"

~

अपने कमरे में, मैंने अपने लेखों को फिर से पढ़ा। युद्ध से पहले वाली जो ग्रीष्म ऋतु थी और क़ब्ज़े के शुरुआती सालों में कभी-कभार फिर भी, इनग्रीद, *ज्यूल .फ़ेरी* उच्च विद्यालय से बाहर निकलने पर, *ओतई* गिरजाघर तक मेट्रो पकड़ती थी और अपने पिता को डॉक्टर जुगान को उनके क्लिनिक से लेने जाती थी। यह क्लिनिक एक छोटी सी सड़क पर *वेरसायी एवेन्यू* और सेन नदी के बीच में था।

वह क्लिनिक से हमेशा शाम के साढ़े सात बजे के आसपास निकलते थे। वह अपने पिता का इंतज़ार इमारतों के ब्लॉक के मोड़ पर करती थी। वह फिर से सड़क पर निकल जाती थी, और उन्हें क्लिनिक के दरवाज़े पर देखती और हाथ से इशारा करती थी।

वे दोनों इस शांत मोहल्ले में चलने लगते थे, क़रीब-क़रीब देहाती सा, जहाँ *सैंत पेरीन* या *नोत्र दाम-द-ओतई* की घंटी बजती हुई सुनाई पड़ती थी। और फिर वे रात का खाना खाने के लिए एक रेस्तराँ में जाते थे जिसे मैं उस दिन शाम को ढूँढ नहीं पाया जब मैं, डॉक्टर तेरसेन और उनकी बेटी के नक़्श-ए-क़दम पर, उन इलाकों में टहल रहा था।

मुझे एक पुराने अख़बार की कतरन मिली जो उन जाड़ों की थी जब इनग्रीद की मुलाकात रीगो से हुई थी। इनग्रीद ने ही मुझको वह कतरन दी थी जब मैं उससे आख़िरी बार मिला था। रात के खाने के समय, उसने मुझे इस समूचे दौर के बारे में बतलाना शुरू किया था और उसने अपने झोले में से, मगरमच्छ के चमड़े से बना एक बटुआ निकाला, और उस में से एहतियात से मोड़ कर रखी इस अख़बार की कतरन को निकाला जिसे उसने इतने बरसों तक संभाल कर रखा था। मुझे याद है कि उसी समय उसने ख़ुदकुशी की थी। उसकी नज़रों में एक अजीब सा भाव तैर रहा था, मानो वह मुझको मशाल थमाना चाहती थी, जो काफ़ी अरसे से उस पर बोझ बना हुआ था और उसने अंदाज़ा लगाया कि मैं भी, बाद में, उसकी खोज में निकल पड़ूँगा।

यह अन्य इश्तहारों के बीच में एक बिल्कुल छोटा सा इश्तहार था, नौकरी की माँगों और प्रस्तावों के इश्तहार, व्यवसायिक और संपत्ति के कारोबार वाला कॉलम :

"एक कमसिन लड़की की तलाश है, इनग्रीद तेरसेन, 16 वर्ष, 5 फीट 3 इंच, गोलाकार चेहरा, धूसर आँखें, भूरा स्पोर्ट्स कोट, आसमानी स्वेटर, बादामी स्कर्ट और टोपी, काले खेल के जूते। किसी प्रकार की सूचना मिलने पर श्री तेरसेन से, 39 ओरनानो मार्ग, पेरिस पर सम्पर्क करें।

~

वे *सूल्ट मार्ग* वाले फ्लैट में रहते थे, वह और रीगो, जब एक दिन दोपहर में, इनग्रीद ने अपने पिता से बात करने के लिए अट्ठारहवीं तहसील में वापस जाने का निर्णय लिया था, उन्हें यह ख़बर देने के लिए कि वह जितनी जल्दी हो सके रीगो से शादी करना चाहती थी।

वह कभी भी अख़बार नहीं पढ़ती थी। वह उस सूचना से अनजान थी जो कुछ सप्ताह पहले, शाम के अख़बार में छपी थी। इसका पता उसे होटल के मालिक से चलने वाला था।

बर्फ़ पिघल चुकी थी और हवा में ऐसी नरमी थी कि बग़ैर कोट के भी बाहर निकला जा सकता था। लेकिन वसन्त के लिए अभी एक महीना इंतज़ार करना बाकी था।

उसने पैदल जाने का सोचा और कई सड़कों से होते हुए वह *बार्बेस-रोशशुआर्र* आई, जहाँ उस शाम के क़रीब पाँच बजे पहुँची थी। लेकिन इस बार, कर्फ़्यू नहीं लगा हुआ था।

होटल के सामने, इनग्रीद आगे से पीछे, पीछे से आगे चहलक़दमी कर रही थी, इस असमंजस में कि वह पिता के सामने किन शब्दों में सफ़ाई दे और अपने भाग जाने को सही साबित करने के लिए उनसे क्या कहे । लेकिन शब्द उसके दिमाग़ में गड्ड-मड्ड हो रहे थे। उसने अनगिनत बार इमारतों के ब्लॉक के गोल चक्कर काटे थे। शायद वे उस समय अपने कमरे में न हों। अगर वह तब भी *ओतई* के क्लिनिक में काम कर रहे होंगे, तब वे रात के खाने के लिए वापस आएँगे। वह उन्हीं के कमरे में उनकी राह देखेगी। उसे यही बेहतर लगा।

वह कैफ़े के अंदर गयी थी। होटल का मालिक दिन के वक्त काउन्टर के पीछे खड़ा रहता था। उसने उससे कमरा नम्बर 3 और 5 की चाभियाँ माँगी थीं। वह उसको चाभियाँ नहीं दे सकता था। कमरा नम्बर 3 व 5 में दूसरे लोग रह रहे थे।

उसने इनग्रीद को बताया कि एक दिन सुबह, तड़के, पुलिस के सिपाही, दिसम्बर महीने के लगभग मध्य में, उसके पिता को ढूँढने ऊपर उनके कमरे में गये थे और फिर उनको किसी अज्ञात स्थान पर ले गये।

~

मैं उन दोनों बिस्तरों में से एक पर लेटा हुआ था, *सूल्ट मार्ग* की तरफ़ वाली कमरे की खिड़की पूरी खुली हुई थी। रात ढल रही थी। टेलीफ़ोन की घंटी बजी। एक क्षण को मुझे लगा कि यह आन्नेत होगी, लेकिन उसके पास नम्बर कैसे हो सकता था? मैंने फ़ोन उठाया। एक भारी सी आवाज़ ने मुझे सूचित किया कि लाइन चालू हो गयी है। तब, मैंने अपना *सीते वेरों* के घर का नम्बर मिलाया। दो बार घंटी बजने के बाद, मैंने आन्नेत की आवाज़ सुनी :

''हेलो?... हेलो?''

मैं खामोश रहा।

''हेलो?... तुम हो, ज्याँ?

मैंने फ़ोन रख दिया।

बाहर, मैं सर्विस स्टेशन की तरफ़ चल पड़ा। मेरे दिमाग में टेलीफ़ोन की घंटी गूँज रही थी, वह घंटी जो निश्चित रूप से तब से नहीं खनकी थी, जब से इनग्रीद और रीगो फ्लैट छोड़ कर चले गये थे।

चौकीदार और नीले चोग़े वाला अरब पम्प के सामने अपनी कुर्सियों पर बैठे हुए थे और मैंने उनसे हाथ मिलाया।

''मैंने आपके लिए एक साइकिल ढूँढी है,'' अरब ने कहा।

वह सर्विस स्टेशन की बड़ी काँच की खिड़की से लगी एक बड़ी सी लाल साइकिल दिखा रहा था जिसका हैंडलबार रेस की साइकिल वाला नहीं था।

"हैंडलबार की वजह से उसको यह साइकिल खोजने में मुश्किल हुई," चौकीदार ने कहा।

"मैं आपका शुक्रिया अदा करता हूँ," मैंने उससे कहा। "मैं सामान्य हैंडलबार ही पसन्द करता रहा हूँ ताकि मुझे झुककर साइकिल न चलानी पड़े। इस तरह से मैं आसपास का नज़ारा देख सकूँगा।"

"आप लौटने में ज़्यादा देर तो नहीं लगायेंगे?" चौकीदार ने मुझसे पूछा।

"आधी रात के करीब।"

लेकिन मैं पहले से बता पाने में अक्षम था कि उस वक्त मेरी मन:स्थिति क्या होगी। मुझको निस्संदेह *सीते वेरों* की तरफ़ जाने का मन तो करेगा आन्नेत से मिलने के लिए, और—कौन जाने?—अपने घर पर ठहर जाने का भी।

~

एक कुनकुनी बयार चल रही थी—लगभग *सीरोको* (गर्म हवा का एक नाम) पेड़ के पीले पत्ते टूट कर नीचे गिर रहे थे, हवा में उड़ कर एक भँवर बनाते हुए। शरद ऋतु का प्रथम संकेत। इस साइकिल पर मैं अपनापन महसूस कर रहा था। मुझको डर था कि मैं *मॉरतिये मार्ग* की ढलान पर साइकिल नहीं चला पाऊँगा। लेकिन नहीं। वह अपनेआप हो गया। मुझको पैडल चलाने की भी ज़रूरत नहीं पड़ी। एक रहस्यमयी प्रेरक शक्ति मुझे खींच रही थी। एक भी मोटरकार नहीं थी। सन्नाटा था। और यहाँ तक कि सड़क किनारे के लैम्प जब थोड़ा ज़्यादा दूर-दूर पर लगे थे तब भी, मुझको सड़क साफ़ दिख रही थी, पूर्णिमा के चाँद की वजह से।

मैंने कल्पना नहीं की थी कि रास्ता इतना छोटा होगा। और मैं जो *पोर्त्त-द-ओरे* छोड़ कर *होटल फ़ियेव* जाने में सकुचा रहा था, *शोमों* पहाड़ी के पास, मंगोलिया की यात्रा से एक दिन पहले... *शोमों* पहाड़ियाँ एकदम

नज़दीक हैं, और अगर मैं चाहता, तो कुछ मिनटों में 19, *एटलस मार्ग* पर पहुँच जाता जहाँ इनग्रीद अपने पिता के साथ रहती थी जब वह बच्ची थी। *शापेल* स्टेशन आ भी गया जिसकी रेलवे लाइनें और हैंगर (सायबान), सड़क के दूसरे किनारे पर, मैं साये में पहचान पा रहा हूँ। कोई सौ मीटर दूर तक उनींदी इमारतों की क़तार और यह रहा *पोर्त्त द क्लींयाँकूर*। मैं इस मोहल्ले में इतने सारे बरसों से नहीं आया और आज की रात, उसे फिर से देखने पर, मुझको समझ में आया कि क्यों ख़ुद को इस लाल साइकिल पर बिना पैडल मारे फिसलते छोड़ देना भर काफ़ी था : मैं अतीत की सीढ़ियाँ चढ़ रहा था।

मैं *ओरनानो मार्ग* पर चल दिया और थोड़ी दूर जाकर ब्रेक लगायी, चौराहे पर। मैंने साइकिल दवा की दुकान के शीशे की खिड़की के सहारे लगा दी। कोई भी चीज़ सन्नाटे को भंग नहीं कर रही है। परनाले के पानी को छोड़ कर जो फव्वारे की कलकल सी आवाज़ में बह रहा था। साठ के दशक के इस जाड़े की शुरुआत में, जब पेरिस में कड़ाके की ठंड पड़ी थी, हम लोग *शॉम्पियोना मार्ग* के एक होटल में रहते थे, जिसका नाम मैं भूल गया हूँ। इस सड़क पर कुछ और कदम और मैं उस इमारत के सामने पहुँच जाऊँगा, लेकिन मैं सीधे आगे जाना पसन्द करूँगा। उन सर्दियों की जनवरी में, आन्नेत को एक फ़ैशनहाउस से सकारात्मक जवाब मिला था और उसे वहाँ किसी दिन मिलने जाना था, कुछ समय तक परखने के लिए वे उसे काम पर रख सकते थे।

एक दिन पहले रविवार था। हिमपात हुआ था। हमलोगों ने मोहल्ले का चक्कर लगाया। इस प्रकार, हम दोनों में से एक काम करना शुरू करने जा रहा था : हम वयस्क हो गये थे। हम लोग *पोर्त्त द क्लींयाँकूर* के एक कैफ़े के अन्दर गये। हमने दो बेंचों के बीच की एक मेज़ चुनी, एकदम अन्दर, जहाँ दीवार पर एक छोटा सा *ज्यूक बॉक्स* टंगा था। शाम को हम *ओरनानो* 43 के सिनेमाघर में जाना चाहते थे लेकिन जल्दी सो जाना बेहतर था ताकि आन्नेत अगली सुबह उर्जा से भरी हो।

और फिर से अब मैं इस सिनेमाघर के सामने पहुँच गया हूँ जिसको एक दुकान में तब्दील कर दिया गया है। सड़क के दूसरी तरफ़, वह होटल जिसमें इनग्रीद अपने पिता के साथ रहती थी, अब होटल नहीं रहा बल्कि

अन्य इमारतों की तरह एक रिहायशी इमारत है। पहली मंज़िल पर स्थित कैफ़े, जिसके बारे में उसने मुझसे बात की थी, अब उसका अस्तित्व नहीं है। एक दिन शाम को इनग्रीद भी इस मोहल्ले में लौट कर आई थी और पहली बार उसे एक ख़ालीपन का एहसास हुआ था।

पृष्ठभूमि और परिस्थितियाँ ज़्यादा मायने नहीं रखते। ख़ालीपन और ग्लानि का भाव एक दिन आपको डुबो देता है। फिर यह भाव एक लहर की तरह वापस चला जाता है और गुम हो जाता है। लेकिन वह दोबारा पूरी ताक़त से आकर अपने अंजाम को पा लेता है और इनग्रीद उससे छुटकारा नहीं पा सकी और न ही मैं।

❑❑❑

स्थापित 1912
100 वर्षों की
श्रेष्ठ प्रकाशन परम्परा
राजपाल

राजपाल एण्ड सन्ज़ की स्थापना एक शताब्दी पूर्व 1912 में लाहौर में हुई थी। आरम्भिक दिनों में अधिकतर धार्मिक, सामाजिक और देश-प्रेम की पुस्तकें प्रकाशित होती थीं और हिन्दी के अतिरिक्त अंग्रेज़ी, उर्दू व पंजाबी भाषा में भी पुस्तकें प्रकाशित की जाती थीं।

1947 में भारत-विभाजन के बाद राजपाल एण्ड सन्ज़ को नए सिरे से दिल्ली में स्थापित किया गया और साहित्यिक पुस्तकों के प्रकाशन का आरम्भ हुआ। रामधारी सिंह दिनकर, महादेवी वर्मा, बच्चन, अज्ञेय, शिवानी, आचार्य चतुरसेन, विष्णु प्रभाकर, राजेन्द्र यादव, मोहन राकेश, रांगेय राघव, कमलेश्वर और अन्य साहित्यिक लेखकों की कृतियाँ यहाँ से प्रकाशित होने लगीं। राजपाल एण्ड सन्ज़ से प्रकाशित *मधुशाला, कुरुक्षेत्र, मानस का हंस, आवारा मसीहा, कितने पाकिस्तान, आषाढ़ का एक दिन* जैसी पुस्तकें हिन्दी साहित्य की 'क्लासिक पुस्तकें' मानी जाती हैं और आज भी लोकप्रियता के शिखर पर हैं। भारत के राष्ट्रपतियों और प्रधानमंत्रियों की पुस्तकें प्रकाशित करने का गौरव भी राजपाल एण्ड सन्ज़ को प्राप्त है। नोबेल पुरस्कार से सम्मानित अर्थशास्त्री डॉ. अमर्त्य सेन की सभी पुस्तकों के हिन्दी अनुवाद यहाँ से प्रकाशित हैं। अन्तरराष्ट्रीय चर्चित पुस्तकों के अनुवाद, विश्वविख्यात कोशकार डॉ. हरदेव बाहरी द्वारा सम्पादित 'राजपाल' शब्दकोशों की शृंखला और किशोरों के लिए सैकड़ों पुस्तकें राजपाल एण्ड सन्ज़ से प्रकाशित हुई हैं।

पाठकों के स्वस्थ और सुरुचिपूर्ण मनोरंजन और ज्ञानवर्धन के लिए समर्पित राजपाल एण्ड सन्ज़ से हिन्दी और अंग्रेज़ी में पुस्तकें प्रकाशित होती हैं जो देश के सभी बड़े पुस्तक-विक्रेताओं और विश्व भर के ऑनलाइन विक्रेताओं के यहाँ उपलब्ध हैं।

राजपाल एण्ड सन्ज़

1590 मदरसा रोड, कश्मीरी गेट, दिल्ली-6, फोन: 011-23869812, 23865483
email: sales@rajpalpublishing.com, facebook: facebook.com/rajpalandsons
website: www.rajpalpublishing.com

पाट्रिक मोदियानो का चर्चित उपन्यास

मैं गुमशुदा

'*मैं गुमशुदा* कहानी है डिटेक्टिव गी रोलाँ की, जो अपना असली अस्तित्व और बीती ज़िन्दगी की हकीकत जानने की खोज पर निकल पड़ता है। गी रोलाँ अपनी याददाश्त खो चुका है और शायद इसलिए अपने अतीत को जानना-समझना उसके लिए बहुत ज़रूरी है। जैसे-जैसे गी अपने जीवन के बीते वर्षों की परतें हटाता है तो उसे लगता है कि वह अपनी ज़िन्दगी में कई रूप, कई अस्तित्व धारण कर चुका है। 2014 में साहित्य के लिए नोबेल पुरस्कार से सम्मानित लेखक पाट्रिक मोदियानो का यह महत्त्वपूर्ण उपन्यास माना जाता है। यह 1978 में प्रकाशित उनका छठा उपन्यास है और उसी वर्ष इसे Prix Goncourt पुरस्कार से सम्मानित किया गया।

ISBN: 9789350643402
पृष्ठ: 192

प्रमुख स्थानीय व ऑनलाइन पुस्तक विक्रेताओं के यहाँ उपलब्ध या
इस वेबसाइट से मँगवाएँ
www.rajpalpublishing.com

डाविड फोइन्किनोस का चर्चित उपन्यास

नज़ाकत

नैटेली अपनी ज़िन्दगी से बेहद खुश है। अपने काम में सफल है और अपने पति के साथ सुखी जीवन बिता रही है। लेकिन अचानक जब उसका पति एक कार दुर्घटना में मारा जाता है तो उसकी हँसती-खेलती दुनिया एकदम वीरान और उदास हो जाती है। कई बरस बीत जाते हैं, और फिर एक दिन, यूँ ही बिना कछ सोचे-समझे वह अपने साथ काम कर रहे माकस को चुम्बन देती है। माकस नैटेली को चाहने लगता है। लेकिन नैटेली अपने ही गम में डूबी है....क्या माकस नैटेली को यह विश्वास दिला सकेगा कि वह उसके जीवन में फिर से प्यार की बहार ला सकता है? क्या नैटेली उसकी मुहब्बत को कबूल कर पायेगी...दो दिलों की कशमकश में डूबते-उतराते प्यार की कहानी है *नज़ाकत*।

ISBN: 9789350643372
पृष्ठ: 264